Lautlos schwebt ein Blatt zur Erde

Lautlos schwebt ein Blatt zur Erde

ARTHUR BERGINZ

LAUTLOS SCHWEBT
EIN BLATT ZUR ERDE

Gedichte und Kurzgeschichten

Geschrieben 1970 – 1977

Bibliografische Information der Deutschen Nationalbibliothek
Die Deutsche Nationalbibliothek verzeichnet diese Publikation in der
Deutschen Nationalbibliografie; detaillierte bibliografische Daten sind
im Internet über http://dnb.d-nb.de abrufbar.

Satz, Umschlaggestaltung, Herstellung und Verlag:
Books on Demand GmbH, Norderstedt
ISBN 978-3-8391-9400-3

Inhalt

Vorwort

Der Mensch ist vergänglich wie das Blatt eines Baumes, ja, noch mehr als dies; denn dasselbe kann nur der Herbst abschütteln. Wir planen so grossartig und wissen nicht einmal, was morgen geschieht. Was ist denn schon unser Leben? Nichts als ein leiser Hauch, der, – kaum ist er da –, auch schon wieder verschwindet. Diese Wahrheit las ich irgendwann, irgendwo. Wir Menschen fragen uns oft: Was wird sein, wenn ich einmal nicht mehr da bin? Wer macht meine Arbeit und wer übernimmt meine Verantwortung? Wir haben Angst, dass eine Lücke entsteht. Dann plötzlich sind wir nicht mehr da und es ist, wie wenn jemand einen Stein ins Wasser wirft. Für einen kurzen Augenblick entsteht eine Lücke an der Wasseroberfläche. Doch dann schwappt das Wasser über dem Stein wieder zusammen und es ist alles wie vorher. Auch den Stein wird niemand vermissen. Also, liebt und lebt das Leben ohne Vorurteile, ohne Hass und ohne Selbstsucht. Dafür mit viel Toleranz, viel Verständnis, viel Liebe, viel Selbstlosigkeit und Warmherzigkeit. Das Leben wird Dir, mir und unserem Nächsten nur einmal geschenkt und wir sind nur ein Blatt, das irgendwann lautlos fällt. Man kann es nicht aufhalten, auch all unsere Liebe vermag es nicht zu stoppen. Ist es einmal gefallen, wird es nie mehr zum Baum zurückkehren. Aber die Liebe, die wir schenken und bekommen, die wird zeitlebens aus unserem Herzen strahlen und dereinst aus unserer Seele. Der Tod ist nur ein Abschnitt unseres Lebens, wenn auch der letzte. Ein Leben ist endlich, nicht unendlich. Nichts ist gewisser als der Tod, nichts ungewisser als seine Stunde. Doch der Tod ist keine ewige Vernichtung und ihr geht euch niemals verloren, genauso wenig, wie die Wurzel des Baumes verloren geht, der im Herbst die Blätter verliert. Dieter Bonhoeffer hat es treffend formuliert: „Wir treten aus dem Dunkeln in ein helles Licht. Warum wir's sterben nennen, ich weiss es nicht." Aber hören wir auf zu philosophieren und zu prophezeien. Nullus propheta in Patria. (Der Prophet gilt nichts in seinem Land.) Daran will ich mich halten, aber in meinem Buch ein bisschen vom lautlosen Blatt, das zur Erde schwebt, erzählen.

Arthur Berginz

Lautlos schwebt ein Blatt . . .

Lautlos schwebt ein Blatt zur Erde,
faltig, alt und halb verwest,
hat sich aus der Blätterherde
müde von dem Baum gelöst.

Flauschigweiche, weisse Flocken
betten alles sanft zur Ruh',
decken bis zur Zeit der Osterglocken,
was gefallen, leise zu.

Bis das Kahle und Entlaubte
der Lenz mit seinem Hauch umweht
und all das tot Geglaubte
zu neuem Leben aufersteht.

Bald ist Herbst in meinem Leben,
es färbt sich weiss mein schwarzes Haar,
der Körper beginnt sich aufzugeben
wie das Herbstblatt Ende Jahr.

Noch bin ich mit dem Ast verbunden,
doch sind die Tage einst gezählt,
lass ich los und schweb' nach unten,
wie wenn ein Blatt zur Erde fällt.

Dann harr' ich still und warte,
bis ich einst lebensfroh
in meiner Seele starte,
irgendwann, nach irgendwo.

Friedhof

Ich geh' bedächtig durch das Tor,
zum irdisch Gottesgarten,
wo uns're Ahnen still und leis',
geduldig auf uns warten.

Da liegen sie in Reih' und Glied,
die Toten uns'rer Zeit
und halten uns in ihrer Näh',
einen kleinen Fleck bereit.

Gewissheit

Mein Dankgesang wird nie verhallen
trotz grosser Pein und Not.
Ich kann gewiss nie tiefer fallen
als in die Hand von Gott.

Briefe an Doris

Es war diese verdammt nasskalte, hektische Vorweihnachtszeit, wo sich letzte Geschenkejäger genervt durch die Menschenmenge quälen und sich trotz hochgestelltem Mantelkragen durch die Kälte bibbern. Das Wetter, grau in grau. Nieselregen. Und die feuchte Kälte kroch den Hurtigen widerlich unter die Kleider in den Körper. Überall lag das Eis flüssig, in grossen Lachen, auf den Gehwegen. Ein elegant gekleideter, durchgefrorener Körper mit schulterlangem schwarzem Haar stemmte sich energisch gegen die schwere, alte Holztüre zum Bücherladen in der Innenstadt. Laut knarrend öffnete sich der Türflügel und die Besitzerin dieses Elfenkörpers schwang sich in die warme Bücherstube. Einen Moment hielt sie inne und liess sich beseligt von der Wärme streicheln. Aufgetaut, wunderte sie in der Stube rum und wedelte dann Hüfte schwingend durch die engen Regalwege. Beim D, da, wo die Schriftsteller mit dem Anfangsbuchstaben D eingeordnet sind, endete der kokette Wedel. Suchend jagten ihre Pupillen hastig von einem Buch zum andern und ihre flinken Finger schusselten in den Regalen. Die vier Augen der beiden Verkäufer im Laden haben die Tadellose bereits gierig aufgesogen. „Diese Schönheit ist genau meine Wellenlänge. Endlich wieder einmal eine Kundin, bei der es sich lohnt, Verkäufer zu sein", seufzte der Jüngere. Verlangende Blicke verliessen seine Augen. „Ich glaube, die ist nicht verheiratet, sie sieht glücklich aus", schwärmte sein Mund. „Herr Mayer", wehrte sich der Ältere, „ich habe Sie schon ein dutzend Mal darauf aufmerksam gemacht, dass wir nicht in irgend einem Laden unser Wissen und unsere Dienste anbieten, sondern in einem Elitegeschäft. Bei uns

darf die Kundschaft eine seriöse Bedienung und eine ebensolche Beratung erwarten. Diese Frau werde ich bedienen. ‚Ich' möchte ich betont haben. Wissen Sie, was ich meine?"
„Ja, ich soll mich zurückziehen", maulte der Jüngere. „Pfiffikus, Sie sind ein schlaues Kerlchen. Es ist in der Tat so. Nur das Wort ‚soll' sollte unbedingt mit ‚muss' getauscht werden", ereiferte sich der Ältere. Er war entschlossen, diese Perle vor dem Jüngeren zu schützen, wie ein Poulet seine Küken. Sein Gesicht strahlte und sein Herz hüpfte in ihre Richtung, dann hüpfte er seinem Herzen hinterher. „Guten Tag, Gnädigste, darf ich mich vorstellen? Ammann, Geschäftsleiter und mit der Literatur bestens vertraut. Suchen Sie etwas Bestimmtes? Ich würde Ihnen gern mein Wissen zur Verfügung stellen. Dürrenmatt konnte leider nicht kommen. Ich bin aber, sozusagen, sein Ersatz", witzelte er mit einer wohlgefälligen Geste. „Oh", hauchte die Schöne und ein Augenpaar wie lichtblauer Beryll strahlte in seinen halb geöffneten Mund. „Gerne. Ja, also, ich suche einen Schreiberling, der vor Jahren, so glaube ich wenigstens, ein Buch geschrieben hat."
Ihre Stimme war dem Schmeichler so angenehm, sodass er sich weniger auf das Gesagte konzentrierte, eher auf die Bewegungen ihrer Lippen. Er fühlte, wie sein Herz in einem anderen Takt schlug. Ein warmer Gefühlshauch liebkoste seinen Rücken und ein orientalischer Parfümduft verwöhnte seine Nase. Wie war er doch froh, dass er sich dem Jüngeren vorgedrängt hatte. Erst ihr diskretes Hüsteln in die Faust machte ihn wieder auf seine Pflichten aufmerksam. „Keine Panik, meine Dame. Um solche Nüsse zu knacken, bin ich hier. Das ist ein Klacks! Alles eine Frage der Organisation. In Null Komma nix können Sie das Gewünschte Ihr Eigen nennen", wollte er beeindrucken. Er liess die vielen

Seiten eines dicken Buches mehrmals hörbar mit einem Finger vor- und rückwärts sausen. „Dieses Buch hier ist ein Autorenverzeichnis, mit diesem werden wir den Gesuchten bestimmt ausfindig machen", klärte er sie beruhigend auf. „Wie ist sein Name?" „Derrer, Rolf Derrer", erwiderte die angenehme Stimme. Ein sichtbarer Ruck durchzuckte den Körper des Höflings und er musste sich schleunigst an der Tischkante festkrallen. Wäre der Tisch nicht dagestanden, hätte es ihn prompt in die katholische Gebetstellung gerissen. „Rolf Derrer, also Rudolf Derrer?" wiederholte er ungläubig. „Entschuldigen Sie meine Reaktion. Rudolf Derrer ist der Lieblinsschriftsteller unserer Familie. Von meiner Frau also, unserer Tochter und natürlich von mir. Er wird selten verlangt hier im Laden, man kennt ihn leider zu wenig. Es ist allerdings schade und ich bin ‚not amused' darüber. In unserer Familie ist er ein Megastar, aber sonst ist er nicht sehr bekannt. Ein Genie wird immer nach seinem Tod bewundert, nicht davor. Jetzt kommen Sie und verlangen nach Rudolf Derrer. Nein, so was. Haben Sie schon ein Buch von ihm gelesen? Sollte man, muss man!" Er betonte es laut und wiederholend. „Muss man!" Flink nahm er ein Buch aus dem Regal und hielt es der Elfe vor ihre lichtblauen Berylles. In dieses Kinderbuch, zum Beispiel, mit ‚Rumpelibum', dem Helden ‚Schnuggibutz', dem tollpatschigen ‚Bärenmutzli' und der lieben Fee ‚Schneeflöcklein', ist meine Tochter ganz vernarrt. Es ist mit so viel Liebe geschrieben. Wunderprächtig, einfach wunderprächtig. Mein Tipp, meine Dame, wenn Sie Wert auf meinen Tipp legen, würde ich Ihnen ‚Briefe an Doris' empfehlen. Wunderschön, gefühlvoll, mit sehr viel Geist und Emotionen geschrieben. Göttliche Literaturkunst. Und wenn ich dieses Wort gebrauche, meine ich auch göttlich.

Die Göttin der Weisheit ,Pallas Athene', meine Ururahne, würde mir beipflichten. Spass beiseite, aber ich verrate Ihnen, ich habe ,Briefe an Doris' sicher schon zehnmal gelesen. Meine Frau wahrscheinlich noch öfter. Sie hat dieses Buch auf dem Nachttisch liegen wie andere die Bibel und jedes Mal, wenn sie darin liest, weint sie. Um ehrlich zu sein, – und ich habe keinen Grund es nicht zu sein –, ich auch. Warum ich dies erzähle? Nun, ich will nur ausdrücken, wie sehr dieses Buch ein Herz aufwühlen kann. Der Vollständigkeit halber muss ich erwähnen, dass Rolf Derrer fünf Bücher geschrieben hat. Aber ,Briefe an Doris' bleibt mein Tipp. In diesem Buch beschreibt er, wie er in einem fremden Land eine tiefe Beziehung zu einem Mädchen aufgebaut hatte. Wie er ihr Schule und Ausbildung finanzierte und wie er ihre schwere Hautkrankheit in europäischen Spitälern zur Heilung brachte." „Entschuldigen Sie, dass ich unterbreche. Ich nehme alle seine Bücher", fiel ihm die Elegante ins Wort. „Alle fünf? Saudumme Frage von mir. Klar doch, alle fünf. Denken Sie an mich, wenn Sie ,Briefe an Doris' lesen. Nehmen Sie es aber nicht allzu schwer wie meine Frau, wenn Sie zu der Stelle kommen, wo er mit einer schrecklichen Krankheit konfrontiert wird und auf der Pflegestation liegt. Dort schreibt er seiner geliebten Adoptivtochter drei Briefe und wartet und wartet, aber ohne eine Antwort zu bekommen, musste er liebeleer diese Welt verlassen. Er wollte sie doch sehnlich nochmals sehen. Es war sein letzter Wunsch, der ihm leider nicht vergönnt wurde. Dennoch endet sein Geschriebenes mit den Worten: ,Liebe ist ewige Gegenwart, trotz Tod'. Sein Bruder hat dann das Kapitel zu Ende geschrieben. Mein Gott, was haben Sie denn, junge Frau? Ist Ihnen übel? Sie sind ganz weiss im Gesicht", erschrak er.

„Tot? Er ist tot? Ist dies heilig wahr?", stammelte sie, schwankend und leise. „Ja, aber das werden Sie alles in ‚Briefe an Doris' nachlesen können. Also, das wären dann diese fünf Bücher. Ich bekomme von Ihnen 107.50 Franken. Wenn es Ihnen nicht besser geht, mein Fräulein, setzen Sie sich doch einen Moment auf diesen Stuhl hier." Sie gab keine Antwort. Nun ging alles sehr schnell. Sie zahlte, nahm die Bücher, eilte durch den Laden und zwängte sich durch den Spalt der halboffenen Holztüre. Er schaute ihr hinter der Scheibe nach, bis seine Augen sie im Gedränge verloren. Ein gut gekleideter, junger Mann eilte ihr nach: „Geh doch nicht so schnell, warte auf mich! Hast Du das Buch bekommen, Doris?"

Der Tropfen und das Korn

Wenn man einen Tropfen in das Bächlein giesst,
dann schwimmt er wohl zum Meere.
Man schaut ihm nach, wohin er fliesst,
doch er verschwand im Tropfenheere.

Wenn ein Sandkorn in die Wüste fliegt
– und sind unsre Augen noch so kühne –
man sucht vergebens, wo es liegt,
der Wind trug 's längst zur Düne.

Sei das Leben, wie es sei,
es hilft kein Weh und Ach,
es fliesst gar schnell an uns vorbei,
wie der Tropfen in dem Bach.

Man eilt und eilt, blickt starr nach vorn,
will keine Lebensstund' verspielen
und lebt so, wie das Wüstenkorn
ganz einsam unter vielen.

Die Zeit eilt stets 'nen Schritt voraus.
Es hat wohl alles seinen Sinn.
„Komm Seele, spann die Flügel aus
und flieg…" Ach, wer weiss denn schon wohin.

Vater sagte

Vater sagte: „Erfülle deine Pflicht,
tue recht, bewahre dein Gesicht!
Hör immer zu, wenn jemand spricht!
Solang man selber redet, lernt man nicht."

Ich hab erfüllt, was ich erfüllen wollte.
Ich hab getan, was getan sein sollte.
Ich hab gehört, was ich hören musste.
Ich hab gesagt, was ich zu sagen wusste.

Niemand hat sich interessiert danach,
was ich erfüllte, hörte, tat und sprach.
Diese Erfahrung macht' ich mir zu eigen,
lernte lassen, taub sein und zu schweigen.

Der Idiot

Vor kurzer Zeit bekamen mein Partner und ich einen Grossauftrag von einem Generalunternehmer. Eine Vertragsbedingung war, dass wir bis zum Übergabetag getrennt in den Urlaub fahren müssen. Mindestens einer von uns sollte anwesend sein, um die Kontrolle und die Verantwortung für einen reibungslosen Montageablauf zu übernehmen und um die Terminvorgabe einzuhalten. Wie sagte doch Papa Lenin? „Vertrauen ist gut, Kontrolle ist besser." Ich ging mit meiner Familie zuerst in den Urlaub. Mein Kompagnon erhielt während meiner Abwesenheit zusätzlich die undankbare Aufgabe, eine neue Hilfskraft einzuarbeiten.

Es war kein Montag wie irgend sonst ein Montag. Mein Urlaub war vorbei. Die dazugehörige Faulenzerei ebenfalls. „Tempus fugit – Die Zeit rast." Braungebrannt und erholt kehrte ich wieder an meinen Arbeitsplatz zurück. Sofort erkundigte ich mich bei meinem Freund, ob die Einarbeitung des neuen Mitarbeiters problemlos über die Bühne gegangen war. Und ob sich der Neuling auch wirklich bemüht, gute Arbeit zu leisten. Eruptiv fing sein Lästermaul daraufhin an zu lärmen. Und wie! Brutal warf er den Grünling verbal in den Kübel. „Das ist ein totaler Vollidiot", sprudelte es anklagend aus ihm heraus. „Dieses Weichei ist zum Arbeiten nicht prädestiniert. Er kapiert nichts, hat zwei linke Hände und seine Arme sind zu kurz, um die Arbeit zu erlangen. Studieren ist bei ihm Glückssache. Nach der Neunuhrpause muss ich ihn jeweils neu anlernen, weil er alles wieder vergessen hat. Der ist bestimmt nicht gesund im Kopf. Wenn man sein Hirn an ein IQ - Testgerät anschlösse, würde die Error - Lampe blinken. Seinen Kopf trägt er nur auf seiner

Schulter, um ihn irgendwo anzuschlagen." Sein signalroter Kopf drohte zu explodieren und ich war gewillt, sein Haupt zu retten und schlug deshalb sanfte Töne an. „Es kann doch nicht so schlimm sein", versuchte ich zu beruhigen. Ich kenne doch meinen Pappenheimer und weiss, wie sensibel er ist. Zudem bin ich schon lange mit ihm zusammen und nach so langer Zeit kennen Hunde einander. Manchmal ist er ein Flegel. Auf jeden Fall keiner von denen, die im Weihwasser gebadet wurden. „Wir haben eine Hilfskraft gesucht, keine Intelligenzbestie. Denken ist für manche eben schwerer, als man denkt. Zudem glaube ich, ein fleissiger Dummer bringt es weiter als ein fauler Intelligenter. Wie heisst doch der Spruch? ‚Wissen ist Macht und Nichtwissen macht nichts.' Bist du meiner Meinung, Kumpel? Ich meinerseits bin ganz meiner Meinung", scherzte ich, um die Explosion seines Verstandskastens zu verhindern. Oder mindestens den Knall hinauszuzögern. Einen Moment war er eingeschnappt, weil ich in Betracht zog, er hätte den Neuling vielleicht zu wenig integriert. Seine empfindliche Stelle war nicht dort, wo sie bei einem Mann üblicherweise vermutet wird, sondern ganz woanders. Ich liess ihn schmollen, denn wenn er nicht spricht, sollte man ihn auf keinen Fall unterbrechen. Leider war er es nicht gewohnt, etwaige Fehler bei sich selbst zu suchen. Das Wort ‚Selbstkritik' ist in seinem Wortschatz und Gedankengut jedenfalls nicht vorhanden. Dafür ist er ein lieber Kerl, das muss hier unbedingt geschrieben sein. Nicht nur, weil ich es ihm versprochen habe, nein, er bestand auch darauf. Beim Mittagessen sassen wir drei im Restaurant am selben Tisch. Beim abschliessenden Kaffee stöberte ich in der brandneuen Tageszeitung. Da stiess ich auf ein wirklich schwerverständliches Inserat. Bodenspekulanten suchten einen Käufer für ein Grundstück mit Seeanstoss in einer Gemeinde an der Zürcher Goldküste. Meine Empörung war gross. Ist dies die wirkliche Realität, dass noch immer Grundstücke mit Seeanstoss verkauft werden dürfen? Das Ufer gehört doch allen. Niemand sollte ein solches Land besitzen dürfen. Es gehört allem Leben. Die wahre Art des Menschen ist es zu teilen. Besitz ist das extreme Beispiel dafür, wie man andere zum eigenen Vorteil ausschliesst. Sind die Gestade einmal verbautes Privateigentum, wird es für weniger Betuchte ein Ding der Unmöglichkeit, am See spazieren zu gehen. Mich deucht und ich befürchte sogar, dass eine Familie bald einmal einen Berg erklimmen muss, um den Kindern aus weiter Ferne zu zeigen, wie ein See aussieht. Während meiner Meckerei fiel mir mein Partner knallhart ins Wort: „Das hat fürwahr seine Richtigkeit und ist auch zu begrüssen. Wer Geld besitzt, der regiert. Ein anderes Denken ist scheinheilig. Wenn ihr ein Auto kauft, wollt ihr auch einen Privatparkplatz. Dies ist dann auch ein Fleck, wo Kinder nicht mehr spielen können. Meine Ansicht ist, wenn jemand etwas erstanden hat, muss das, wofür er bezahlt hat, auch sein Besitz sein. Hätte ich so ein Grundstück, würde ich auch einen Hag um mein Areal spannen wie diese Eigner", wehrte sich der kleine Kapitalist. Ich glaubte, mich knutscht ein Elch. Da war ich nun allerdings ganz anderer Ansicht. „Aber dann dürften auch Waldbesitzer einen Zaun um ihr Revier ziehen", gab ich zu bedenken. „Warum nicht? Soll auch so sein. Besitz ist Besitz. Privateigentum muss geschützt und eingezäunt werden dürfen. Ebenso ein Bauer seine Felder und Zufahrtswege. Ebenso eine Sennerei und eine Viehfarm ihre Alm und Wiese. So wird ihnen auch nichts mehr gestohlen", ereiferte sich der Zaunwütige in auffahrendem Ton. „Mein Freund, dann könnte ich nie mehr mit meiner Familie an einem See picknicken. Nie mehr im Wald Würste braten und nie mehr beim Sonntagsspaziergang durch die Felder streifen, um gute, frische Landluft einzuatmen. Zugegeben, vielleicht ist manches nicht gar so schlimm, wie ich es formuliert habe, aber auf jeden Fall nur noch sehr eingeschränkt möglich. Das wäre schrecklich", bedauerte ich diese Vorstellung. „Was schrecklich? Zähle einmal die Tage im Jahr, wo du am See weilst, wo du im Wald bist, an Zelgen vorbei spazierst oder in die Berge fährst. Es geht ja ohnehin niemand dorthin, also kann es auch eingezäunt werden. Zudem gäbe es dann weniger Zirkulationen mit den Autos. Die Luft würde überall besser, auch in den Städten. Man müsste gar nirgends mehr hinfahren, um gute Luft zu atmen", verteidigte mein Spezi schnöde seine Meinung. Weiter behauptete er: „Über solche Dinge haben wir auch schon ausführlich gesprochen und ich denke nicht, dass das etwas ist, was wir weiter kommentieren wollen." Was ich an dieser Stelle noch unbedingt dazu erwähnen sollte, zugehört habe ich jeweils, gesprochen hat immer nur er. Aber Gott sei Dank habe ich Gotthard - Ohren, bei einem Ohr rein, beim anderen raus. Ich war froh, als die Mittagspause mit dem Gezeter vorbei war, bevor die Diskussion ausuferte. Kurz darauf verabschiedete sich mein Partner, um seine wohlverdienten Ferientage an einer zaunfreien Destination zu geniessen. Ich meinerseits guckte auf die Uhr, klopfte ihm kurz auf die Schulter, gab Schub und machte es wie mit dem Tee, ich liess ihn ziehen. Dann übernahm ich den Idioten und ging mit ihm zu unserem Arbeitsplatz, um ihn nach der Pause wieder neu anzulernen. Unterwegs dorthin schaute er mich an und meinte: „Mein Verstand sagt

mir, es ist gut, denken nicht alle so wie er. Nicht?" Was ist
mein Helfer doch für ein kluger Idiot. Es ist nie zu spät, um
mit denken zu beginnen.

Kei Heiweh meh

I han so viles bsässe,
bevor i gange bi,
jetz möcht i schnäll vergässe,
wie schmerzhaft 's Leid cha zu eim si.

Bi so glückli gsy und zfride,
han liebi Eltere gha,
's Schicksal hät entschide
und hät mer alles gno.

Han es Dihei gha und e Arbet,
e Läbesexistänz,
dänn hät mi d' Bhörde plaget,
da han i si zoge, d' Konsequänz.

Han alles ufgäh und bi gange,
i das ferni, fremdi Land,
mit em Bündeli a de Stange
und 's Fraueli a de Hand.

's Läbe isch so schön und ruhig
i eusem Hüttli a de See,
es isch bigoscht scho truurig,
han gar kei Heiweh meh.

Lebensweg

Wir gingen beide eigne Wege
auf der Lebensstrass' dahin.
Lustlos, müd' und träge,
da, wo keine Blumen blüh'n.

Als es dann an einer Kreuzung
ein Zusammentreffen gab,
bogen wir voll Begeisterung
auf einen Feldweg ab.

Hier will ich mit Dir gehen
am Korn und Mohn entlang.
Dich lieben und verstehen,
ein ganzes Leben lang.

Du bist ja so erlabend,
weckst Freud und Lust in mir.
Ich freu mich jeden Abend,
auf den neuen Tag mit Dir.

Nun wollen wir zur Ewigkeit
den Blumenweg benützen.
Auf jedem Stück zu seiner Zeit,
mög' Gottes Segen uns beschützen.

Sklavenküste

Gemächlich steuerte Edwin Powell, unser englischer Kapitän, das Containerschiff durch den unruhigen Golf von Guinea, der ehemaligen Sklavenküste, zu. Auf dem obersten Kabinendeck schweifte mein Blick an einem mit unzähligen Knutschflecken dekorierten Mädchenhals vorbei in die Unendlichkeit des Ozeans. Die letzten Ruhestunden vor dem hektischen Arbeitsprogramm, welches unbarmherzig auf uns wartete, wollten mein Arbeitskollege und ich noch ausgiebig geniessen. Gleichgültig nagte ich an kleinen, toten Fischen und schob mir in kleinen Abständen ölige Oliven in den Mund. Die Serviererin lotste mein bestelltes Bier akrobatisch in meine Nähe und guckte gierig auf meine Lippen. Ihre grösste Leidenschaft ist küssen, und zwar überall, jederzeit und mit jedem. „Ich fühle mich schlecht, können Sie mich Mund zu Mund beatmen", simulierte die Komödiantin und ihre Augen strahlten, als hätte sie eine Neonröhre verschluckt. Wachsam, mit tropfnasser Zunge und geschliffenen Fingernägeln stand sie zwischen meinen Beinen zur Attacke bereit. Ihre ausgeprägten Kurven warnen vor Schleudergefahr. Und ewig lockt das Weib. Ich weiss nicht, soll man sie als Schönheit schildern? Ihr Gesicht ist eigentlich schnell beschrieben. Es bestand hauptsächlich aus Mund, dieser war dekoriert mit vollen Lippen wie bei einem Karpfen. Alles andere war Nebensache. Wenn sie die Hauptsache auftat, entstand in einem grossen Umfeld eine Finsternis. Ihr grosser Mund verschluckt problemlos ein ganzes Pariserbrot auf einmal. Breitseitig wohlverstanden. Sie umarmte mich auch schon unverhofft und ihre aufdringliche Zunge polierte zuhinterst in meiner Öffnung die Mandeln. Ich achtete streng darauf, dass sie diesmal ihre Zunge im Zaum hielt. Eine unersättliche Katastrophenspirale ist sie. Jawohl, das ist sie. Was soll's? Ich habe ihr vergeben. Ma' salama. Der Verlegenheit wegen und um meine Mandeln zu schützen, gestattete ich mir mit vorgehaltener Hand zu gähnen und gleichzeitig am Kopf zu kratzen. Chancenlos stand sie bei meinem Ohr, wedelte mit der Rechnung vor meinem Gesicht und begann mit hoher Stimme eine Arie zu johlen. Ihre zweite Leidenschaft. Sie wäre sicherlich ein guter Ersatz für Callas gewesen, wenn sie sich an ihrer Stelle in die Bodensiedlung gelegt hätte. Aber fleissig war sie zweifellos, das muss man neidlos anerkennen. Sie wurde nicht nur als Serviererin eingesetzt, sondern war zugleich auch Köchin, Putzerin, Wäscherin, Büglerin und weiss der Geier was noch. Wenn sie am Arbeiten war, hatte sie fünf Hände, mindestens. Im unter uns liegenden Erstklassdeck vergnügten sich und schlampampten Passagiere, die finanziell in einer anderen Liga spielten als wir. Vor ihren Mahagonikabinen nippten sie an Champagnergläsern und schlürften Austern. Die Erstklassmänner kniffen ihre kichernden Erstklassfrauen oder Gespielinnen in den Hintern. Hier luderte und grölte die Küsswütige besonders gerne herum. Mein relaxender Freund sass stets an meiner rechten Flanke und seine Hauptbeschäftigung bestand darin, Zigaretten zu rauchen, mein Bier zu trinken, ins Wasser zu spucken und zu motzen. Bald endet ja die Überfahrt, dachte ich und unser Schiff, das unter schottischer Flagge fuhr, würde im Hafen von Lomé anlegen. Dass es ein schottisches Schiff ist, merkte man extrem in Hafennähe, weil keine Vögel und Fische dem Kahn folgten. Zudem ist er auf „Edinburgh" getauft und sein Heimathafen ist Leith. In Kürze konnten also mein Kollege und ich unsere Container, die wir begleiteten, in Empfang nehmen. Unten an der Pier standen bereits die pechschwarzen Westafrikaner vom Volksstamm Ewe und Kabre, die auf uns warteten. Sie sollten uns helfen, die Container mit dem wertvollen Chromstahlmaterial und dem Spezialwerkzeug auszuladen und sicher in den bewachten Zollhof zu transportieren. Bei solch teurem Frachtgut muss man in solchen Ländern stets mit Argusaugen präsent sein. Ich behaupte gewiss nicht, dass alle Schwarzen klauen. Doch ich war nicht das erste Mal in Afrika, daher eher vorsichtig. Erfahrung schult den Menschen. Es empfiehlt sich jedenfalls, stets wachsam zu sein. Ich habe Montagen erlebt, wo man uns sämtliches Werkzeug und viel teures Material nachliefern musste. Der daraus entstandene Zeitverlust war nicht wieder aufzuholen. Man erntet danach sicher kein Lob, aber gefaxten Tadel: „Was macht ihr denn da unten?" Gebe ich hier also jemandem die Hand, zähle ich hinterher die Finger, um festzustellen ob einer fehlt. Natürlich plündern die Arbeiter nicht grundlos. Sie haben ja nichts, sie hatten nie was und sie werden auch nie etwas haben. Mit leeren Händen geboren, mit leeren Händen gestorben. Sie schuften an der Sonne wie ehemalige Sklaven und ihr Herr isst im Schatten. Denn Entwicklungshilfe ist: Man gibt das Geld aus reichen Ländern den Reichen in armen Ländern. Oder hat jemand unter uns einmal gehört, dass ein Quetscher in Afrika verhungert ist? Um einen solchen Erfolg zu erzielen, müsste man demjenigen den Mund zunähen. Nach der Begrüssung und Einteilung unserer Helfer musste alles schnell gehen, es blieb keine Zeit zum Lamentieren. Zwei Tage später war Weihnachten und in dieser heiligen Zeit sollte die Arbeit auf der Baustelle eingestellt werden. Der erste Arbeitseinsatz verlief, Gott sei Dank, wie am berühmten Schnürchen. Das Material und das Werkzeug konnten wir hinter Schloss und Riegel bringen und die Finger waren alle noch da. Jetzt konnte die Weihnachtszeit beginnen. Diese zwei Tage wollten wir an der Beach verbringen und das Dolcefarniente geniessen. Die Hitze in dieser Jahreszeit ist am Äquator mörderisch. Natürlich gäbe es sehr viel zu tun, aber mein Chef, also ich, kann mich mal. Jetzt feierten wir Weihnachten. Alle Neuankömmlinge waren dankbar, zwei Tage Zeit zu haben, um sich akklimatisieren zu können. Zudem war jeder hiesige Arbeiter zu seiner Familie in die Krale abgehauen. Jedermann, der am Projekt in irgendeiner Form beteiligt war und sich ebenfalls am Hotelstrand installiert hatte, bekam von der Direktion ein Warnschreiben in die Hand gedrückt. Man wurde gebeten, auf keinen Fall ins Meer zu steigen, die Wellen könnten teuflisch sein. Selbst gute und trainierte Schwimmer hätten keine Chance gegen solche Brecher. Der wunderschöne Strand sei nur geeignet, um Sonne zu tanken. Wer schwimmen und sich abkühlen möchte, möge den Pool benutzen. Man solle sich diese Warnung zu Herzen nehmen, stand am Schluss dieses Schreibens. Einer unter uns nahm sie nicht zu Herzen. Diese Ignoranz endete fatal. Rettungsleute zogen den welschen Mitarbeiter noch am Vormittag tot aus dem Wasser. Ich meinerseits war ebenfalls leichtsinnig. Die Wogen wären auch mir beinahe zum Verhängnis geworden. Die riesigen Brecher schleuderten meinen Körper wie ein Streichholz durch die Luft und dann wirbelte er wie in einer Waschmaschine im Wasser. Wer bei diesem Schleuderprogramm mit dem Kopf am Meeresboden aufschlägt, verliert mit Bestimmtheit das Bewusstsein und endet als Fischfutter. Von nun an ging auch ich in den Pool, man verpasst ja eh nichts im Salzwasser. Dort begegnen mir und erschrecken mich bloss Dosidicus gigas, Rollmöpse, Fischstäbchen, Algen, Kraken und natürlich auch Seezungen. Wer kennt sie nicht, diese schwimmenden WC – Deckel. Ich bin zwar kein Biologe, um jedes Getier beim Namen zu nennen, doch für mich ist es unappetitliches Meeresgeschlabber. Zudem ist etwas bei mir an einer gewissen Stelle gross gewachsen. Immer dann, wenn ich im Meer auf dem Rücken schwimme, heult am Ufer der Haialarm. Man muss also nicht unbedingt in die feuchte Pfütze steigen, ausserdem ist mir das Meer sowieso zu nass. Es waren auch am Schwimmbecken zwei wunderschöne, erholsame Tage. Nur Weihnachtsstimmung kam nie auf. In der Hotelanlage wurde eine Palme mit einer Lichtkette geschmückt. Darunter sass an Heiligabend und am Weihnachtstag ein Negerchor und sang: „Stille Nacht, heilige Nacht." Wir Europäer lagen in Badehosen gekleidet auf der Wiese oder im Sand und alle hatten zwei, drei Bierflaschen griffbereit. Das einzig Weihnachtliche war für uns das Festessen. Ein himmlischer Schmaus. Da wurde im Hotelgarten ein Festtagsbüfett zubereitet. Aufgetischt und präsentiert auf drei ehemaligen Eingeborenennachen. Eine solche Überraschung durfte man natürlich nur an Festtagen erwarten. Sonst musste man sich jeden Tag in dieser Gegend mit Mais, Hirse, Maniok, Yams, Okragemüse, Hirsenbier und eventuell Palmschnaps begnügen. Als Abwechslung naschten wir die dunklen Früchte von den Affenbrotbäumen, die wir afrikanische Landjäger nannten. Schon nach kurzer Aufenthaltszeit träumt man in solchen Ländern auch tagsüber von Servelas, Gnagis und Wurst/Käsesalaten. Ebenfalls eintönig war das Frühstück in Togo, Dahomey und

Ghana. Aber die meisten kennen das ja, typisch englisch eben. Early morning Tea wie Pferdepipi, Schuhsohlenspeck, Sägemehlwürste, gesalzene Butter, knüppelharter Toast und Marmelade von verbitterten Orangen. Trinkt man den Tee bei Einheimischen, so ist er aromatischer. Wird aber öfters, wie in arabischen Ländern, gesalzen serviert. Obwohl ein solcher Trunk sehr gewöhnungsbedürftig ist, hat dies zweifellos seinen Sinn. Das Salz, das der Körper durch die Hitze verliert, muss irgendwie wieder kompensiert werden. Irgendwann war „Stille Nacht, heilige Nacht" vorbei und die Pflicht rief. Eigentlich wollte ich zu diesem Zeitpunkt und genau an dieser Stelle über unsere Arbeit berichten, doch wir kamen leider nicht dazu. Lassen Sie mich deshalb auf eine günstigere Gelegenheit warten, und die kommt selbstverständlich auch in Afrika. Die Pflicht kann nämlich rufen so laut sie will, wenn keine Strasse zur Baustelle führt, sind die Rufe zwecklos. Ich kann niemandem zumuten, diese unglaubliche Wahrheit anzunehmen. Wir hingen in der Luft und konnten die teuren Präzisionsmaschinen für die Herstellung von hochwertigem Werkzeug nicht einfahren und montieren. Die Traxe und Trecker für die Strassenarbeiten würden noch in den Bergwerken und Erdrutschgebieten gebraucht, vertröstete man uns. Auch am Gebäude selbst mussten noch einige Änderungen vollzogen werden. Unsere Maschinen und Anschlüsse konnten so nicht gestellt und verlegt werden. Ratlosigkeit herrschte. Etliche Finger bohrten in der Nase und manche Hinterköpfe wurden gekratzt. Es war, gelinde gesagt, ein Katastrophenbau. Nicht einmal ein Irrenhausarchitekt käme auf die Idee, so etwas zu entwerfen. In welch verzweifelter Lage muss ein Mensch sein, um so was zu ersinnen? Ich glaubte, mich filzlaust ein

Affe, als ich das Gebäude inspizierte. Diese verantwortlichen Planer haben vom Bauen genauso wenig Ahnung wie ein Schweizer Bundesrat von Politik. Jetzt mussten wir ständig vor Ort sein, alles überwachen und Druck machen, um das Terminprogramm einzuhalten. Dies ist aber in Afrika nicht einfach. Insider würden mir beipflichten. Gott hat uns Schweizern die Uhr geschenkt und den Afrikanern die Zeit. Zudem hatten wir enorme Probleme mit den Arbeitern, es wurden immer weniger. Alle Helfer waren Tagelöhner, nach getaner Arbeit streckt jeder die Hand hin. Jeden Abend war Zahltag. Am darauf folgenden Tag kamen dann die meisten Häusler nicht mehr zur Maloche. Dafür diejenigen wieder, denen das Geld ausgegangen war. Ein Kommen und Gehen. Die Ausreden für ihr Fernbleiben waren recht phantasievoll, ich kannte die meisten noch nicht. Doch was soll's? Seit ich selber lüge, glaub ich nichts mehr. Man muss verstehen, die Afrikaner leben nicht, um zu arbeiten, sondern sie arbeiten, um zu leben. So werkten wir stets mit „the Best of the Rest". Zudem hatten sich auch noch zwei Brüder mit dem Strick aus dem Leben gestohlen. Finanzielle und familiäre Probleme waren stärker als ihr Lebenswille. Dieses Geschehnis hatte mich masslos erbittert. So was geht schon an die Nieren. Ihr afrikanischer Vorgesetzter bot ihnen noch Geld und Hilfe an, aber sie wollten kein „mir zuliebe". Gott sei Dank habe ich die beiden nicht sehr gut gekannt. Es wäre für mich noch unerträglicher gewesen. Ich habe die Verstorbenen jedoch auf ihrem letzten Wegstück begleitet. Es war eine einfache afrikanische Bestattung, an einem abgelegenen Ort. Da stand ein Scheiterhaufen, obenauf lagen die beiden Leichen in weisse Tücher gewickelt. Es loderte ein hitziges Feuer. Buschtrommellaute mit Gesang begleiteten die Zeremonie und es herrschte eine unheimliche Atmosphäre. Ein Superelch zündete eine Zigarette am Feuer an und ein pfarrerähnliches Wesen erzählte noch etwas von: „Vielen Dank für das grosse Opfer von Golgatha", schaute zum Himmel und schneuzte. Dann war fertig bestattet und alle verschwanden in der bewaldeten Umgebung. Die Arbeit auf der Baustelle ging nur schleppend voran, es war schwül und heiss. Manche nutzten diese Wetterlage mimosenhaft aus und bewegten sich so, als hätten sie Schlaftabletten geschluckt. Natürlich gab es auch Fleissige, solche mit einer gesunden Einstellung. Jene bekamen dann am Abend einen Dankesbonus. Unsere Maxime war: Wer Wein verdient, soll nicht Wasser bekommen. Die Faulen, Unbrauchbaren und Bockigen wurden, um unser Soll erfüllen zu können, stetig ausgewechselt. Ein Obermafioso vom Arbeitssyndikat brachte uns unermüdlich immer neue und schlechtere Arbeiter mit seinem protzigen Mercedes. Fast jedes Mal erzählte er uns: Er sei durch harte Arbeit reich geworden. Und wir fragten ihn auch fast jedes Mal: Durch wessen Arbeit? Dieser Kesseltreiber war so unmenschlich, er würde auf einer Leiche frühstücken. Ihm würde es auch gelingen, in der Sahara mit einer Sauna und einem Solarium Geld zu verdienen. Leben und leben lassen war seit jeher meine Devise. Schlussendlich war es nicht meine Aufgabe, hierher zu kommen, um ein System zu ändern, sondern um zu arbeiten. Im grossen und ganzen wäre es aber, leider, einfacher und schneller aufzuzählen, was in diesen Ländern funktioniert. Die meisten Menschen hier erachten den Level aber durchaus als genügend. Afrikaner denken in anderen Bahnen als Europäer. Dadurch entspringen auch viele Meinungsverschiedenheiten und Missverständnisse. Wir Weissen sind hier jedoch die Eindringlinge und wir gelten mit unserem Auftreten für die hiesige Bevölkerung als befehlerisch und arrogant. Wir Gäste sollten uns also bemühen, ihre Denkweise zu akzeptieren und sprachlich bedingte Misshelligkeiten gar nie aufkommen lassen. Genau da liegt aber mein Handikap. Französisch kann ich nicht akzentfrei denken und sprachlich ist mein Larifari eher defekt als perfekt. Spass beiseite. Ich möchte aber ehrlich an mir arbeiten, um beim nächsten Einsatz perfekter zu sein. Mein Arbeitskollege ermunterte mich oft: „Lass den Kopf nicht hängen!" Aber genau gesehen kann ich, verdammt noch mal, hängen lassen, was ich will. Sorry, ich erbitte posthumes Pardon! Aber lassen wir das hängen. Wie es so ist im Leben, plötzlich häufen sich die Zufälle und man steht wieder einmal am Ende einer Montage und um einige graue Haare reicher. Kurze Zeit später erzählt man zu Hause am Stammtisch, wie nach der Militärdienstzeit auch, nur die tollen Erlebnisse. Jede Story natürlich in einer deftig übertriebenen Version. Zum Abschluss lud die Direktion alle am Projekt beteiligten Europäer zu einem Dinner ein. In Lomé gibt es ein feudales Restaurant mit einem rauschenden Wasserfall im Innenraum. In dieses Restaurant wurden wir alle eingeladen. Damit jeder von uns Alkohol trinken konnte, entschlossen wir uns, mit dem Zug in die Hauptstadt zu fahren. Es gibt keinen extrem langen Schienenweg in diesem Land, ungefähr 18 km. Nach zirka einer halben Stunde Fussmarsch trafen wir am Bahnhof ein. Ein freundlicher Bahnhofvorsteher begrüsste uns mit einem Lächeln und stellte seine fast transparenten Zähne zur Schau: „Der Zug von Heute kommt leider erst Morgen und der von Gestern ist bereits am Vormittag von hier abgefahren", erklärte er wissend. Ich öffnete ebenfalls den Mund, um zu lächeln, nur waren meine Augen mit Bestimmtheit nicht daran beteiligt. Ein Spassvogel neutralisierte die angespannte Situation: „Betrachtet nicht die ausfahrenden Züge, freut euch an jenen, die ankommen. Wenn sie ankommen." Ein absolut ausgelutschter Witz. Selten so gelacht. Nun mussten wir umdisponieren. Jemand unter uns kannte in der Nähe ein afrikanisches Restaurant und empfahl es uns als Leckerschenke. Was wir jedoch betraten, war eine schmuddelige Fledermaushöhle, dunkel, miefig und ramponiert. Eine übel beleumdete Kaschemme. Die Dunkelheit hatte allerdings den Vorteil, dass man den Schlangenfrass, den wir vorgesetzt bekamen, nicht anschauen musste. Überall klapperten weisse Gebisse, mehr sah man von den afrikanischen Gästen in der Finsternis nicht. Am Tisch nebenan, den ich gerade noch erspähen konnte, ass eine hungrige Bauernfamilie miserabel mit Messer und Gabel. In ihren Dörfern werden dazu die Finger gebraucht. Die vielen anwesenden Moskitos gingen gnadenlos ihrem blutigen Hobby nach. An jedem Tisch war ein Serviettengefuchtel mit einer aggressiven Intensität. In dieser Düsternis sah das aus, als schwängen die Opfer mit kleinen, weissen Friedensfahnen. Wein gab es nicht, Bier auch nicht, nur Wasser. Warum zum Teufel war ich denn zu Fuss unterwegs? Wasser trinke ich aus Prinzip nie. Im Wasser bumsen die Fische. Widerlich. Wenn überhaupt, dann nur destilliertes Feuerwasser. Auf mein inständiges Flehen fand der Kellner dann doch noch eine vergammelte Flasche Palmschnaps für meine Kehle. Beim Menü wusste ich allerdings nicht, was alles zwischen meine Zähne geriet. Nach dem Geschmack zu beurteilen begann das Gelage mit einer Giftschlangensuppe und einem Zeckensalat, garniert mit roten japanischen Lustkugeln. In unserem Breitegrad auch Radieschen genannt. Bei der Hauptspeise vermutete ich saures Lianengewächs mit Karamelpudding übergossen und mit Minzenbonbons bespickt. Dazu Molchschwänze, Echseneier und geröstete Kreuzspinnen an einer gegorenen, niederträchtig und abscheulich riechenden Egelblutsauce. Wahrscheinlich von einer seltenen Blutgruppe mit einem komplizierten Rhesusfaktor. Beim Dessert fühlte mein Gaumen ein gräuliches Kriechtiergelee. Abstossendes, ekliges Urwaldgewölle, nichts für Vegetarier, eher für Gourmands. Ich glaube aber kaum, dass einer unter uns einen Nachschlag verlangte. Hin und wieder begegneten der Gabel kleine schwimmende Fleischfetzen. Aber scharf war das Zeug. Mein Gott, was schreibe ich auch? Feurig war der Frass. Das scharfe Essen rächte sich am nächsten Tag beim Austritt am Hinterausgang gnadenlos. Es brannte fürchterlich und fühlte sich an, als würde ein Drache in meinen Hintern blasen. Ich musste den leidenden Teil sanft mit Wattebäuschchen und Brandsalbe behandeln. Lädiert stiegen wir am nächsten Abend in eine verlotterte Flugmaschine. Vermutlich ein Überbleibsel der Pavianairline. Dieses Wrack sollte uns bis Marokko tragen, wo wir in ein gepflegtes Flugzeug umzusteigen gedachten. Jetzt hiess es langsam Abschied nehmen vom schwarzen Kontinent. Der weisse Mohr hat seine Schuldigkeit getan, der weisse Mohr kann gehen. „Tschau Afrika!" Nur, bis Marokko kamen wir nicht. Irgendwo über der Sahara wurden die Piloten von Abfangjägern zur Landung gezwungen. Auf einem abgelegenen Militärflughafen rollten wir aus. Sofort stürmten bewaffnete Soldaten in unsere Kiste und jeder Passagier wurde minuziös kontrolliert. Der ganze Flughafen war stockdunkel, wir sahen nichts durch die Fenster. So zügig wie die Soldaten gekommen waren, so zügig verschwanden sie wieder. Dann erhellten für kurze Zeit zwei Lastwagenscheinwerfer die Startbahn und wir durften Richtung Marokko verschwinden. Kurz nach dem Start fing plötzlich das Lianenkraut von Gestern mit mir an zu plappern. Es ratterte ununterbrochen aus meiner Hose. Da half auch kein Backenklemmen. Es war mir so peinlich. Ich entschuldigte mich natürlich bei allen Mitreisenden für meinen extremen analen Husten. In Marokko nahm ich mit den Augen einen letzten Schluck Afrika und dann ging es ab nach Europa. Also noch einmal: „Tschau Afrika!"

Gedanken

Schlafen ist gesund, darum sind die Toten nie krank.

Der grösste Zwerg auf der Welt misst fast 1.90 m, hat mir ein Mann erzählt.

Ich brauche keinen bissigen, bösen Wachthund. Dafür ist meine Frau zuständig.

Alain Delon wollte immer so aussehen wie ich und Papst Paul VI. so sein wie ich.

Ich wurde gefragt: „Wie viele Fremdsprachen sprechen Sie?" Ich antwortete: „Drei: Englisch, Französisch und Englisch." „Englisch haben Sie zweimal erwähnt." „Ich weiss, wenn ich das nicht tue, sind es nur zwei."

In der Wüste beim Salzsee waren es 50° im Schatten. Da war man froh, wenn man sich nicht im Schatten aufhalten musste.

Ich trank den Wodka, um die Kälte in mir zu vertreiben, nicht um den Russen zu schmeicheln.

42

Meine Frau ist grauenhaft nachtragend, ich werde ihr das meiner Lebtage nie verzeihen.

Das grosse, alte Meer

Die Quelle tropft hoch überm Tann
zum Rinnsal vor sich hin
und möchte wie ein Wandersmann
zum grossen Wasser zieh'n.

Vom Bergeshang bis tief ins Tal
beginnt es kühn zu springen.
Das Rinnsal freut sich allemal,
die Reise kann beginnen.

Von da und dort, von überall,
Sprudelndes von Au und Fluh
und auch der kleine Wasserfall
gesellen sich dazu.

Auf dem Weg ins Unterland
möchten Bächlein sich vereinen.
Doch nicht jedes zu dem andern fand,
es blieb ein frommes Meinen.

Traurig schleicht der Bach daher,
sein Wunsch erfüllt sich kaum,
als Strom wollt' er zum grossen Meer,
es bleibt halt nur ein Traum.

Am Ende seiner Odyssee,
von der Quelle bis ans Ziel,
floss ein Fluss in seiner Näh',
der sich selbst gefiel.

„Du hässlich kleiner Habenichts
willst geh'n ins gleiche Haus?
Die See verschluckt sich und erbricht 's
und spuckt Dich wieder aus.

Schau, wie bin ich majestätisch und erhaben.
Die See wird mir ein Kränzchen winden.
Sich an meinem Trunk erlaben
und Gefallen an mir finden."

Das alte Meer hört sich das an:
„Du grosser, dummer Tor,
ich schiebe nie für ein' Kumpan
den eisern Riegel vor.

Nie verweigre ich, was fliessend naht,
den Eintritt in mein' Park
und weil hier jeder Zugang hat,
bin ich so gross und stark.

Bei mir wird Kleines riesengross
und Grosses klitzeklein.
Der Hochmut fällt vom hohen Ross.
Hier ist man Gast, hier darf man's sein.

Kommt, ihr beiden, her zu mir,
füllt mein Becken voll.
Jeder ist willkommen hier,
fliesst rein und fühlt Euch wohl."

Vers

Es wird gescheh'n, wohl in der Tat,
und ist nicht zu vermeiden,
dass man vom Liebsten, was man hat,
sich irgendwann muss scheiden.

Heirat

In einem weissen Schleierkleid,
ein goldner Ring an Deiner Hand,
so schwebst Du bald in Seligkeit,
in den Ehestand.

Ob Sonnenschein, ob Graupelsturm,
sei das Wetter, wie es mag,
die Glocken grüssen Dich vom Turm,
zu Deinem schönsten Tag.

Ich werde in der Nähe steh'n,
mit feuchten Augen schauen
und ergriffen in der Kirche seh'n,
wie Liebende sich trauen.

Ich wünsche Dir im Eheleben
viel Glück auf Deinen Wegen.
Dein Glaube mög' Dir Friede geben
und der Himmel seinen Segen.

Ich träumte viel, Du würdest mein.
Ein Wunsch, den 's nicht mehr gibt.
Leider hat's nicht sollen sein.
Ich hab Dich sehr geliebt.

Der Heiratsbatzenklauer

Es war an einem Dienstag, als ich die Nachricht erhielt, dass mein bester Jugendfreund, mit dem ich viele waghalsige Bergtouren unternommen hatte, in seinen geliebten Bergen abgestürzt war. Ein kleiner, weisser Hund lag ebenfalls zerschmettert neben ihm. Die näheren Umstände dieser Tragödie konnten bis heute nicht abschliessend in Erfahrung gebracht werden. Ich weiss das deswegen so ganz genau, dass es ein Dienstag war, da ich immer an diesen Abenden im Sportverein unzählige Runden auf der Finnenbahn abspule. Aber das ist nicht unbedingt von Bedeutung. Ebenfalls die Tatsache nicht, dass ich ihm vor Jahren hundert Franken lieh, die er mir trotzköpfig nie zurückzahlte. Er weigerte sich deshalb so strickte, die Schulden zu tilgen, weil ich ihn beschuldigte, nebst meiner Braut auch die Hochzeitskasse aus meiner Wohnung entführt zu haben. Für die Entführte war die Kasse eigentlich gedacht gewesen. Mein Freund war psychisch nie stabil und das Arbeiten hat er wahrlich nicht erfunden. Er lief vielfach in die Richtung, wo kein Schweiss auf ihn wartete. Zudem wollte er immer schlangenförmig sein, dann müsste er sich nie ein Bein ausreissen. Sein rotes, antikes Motorrad verschlang aber sein Geld wie eine Würgeschlange den Frass. Zudem zog es ihn stets hinweg in die Berge, und daselbst vergeudete er sein Geld mit schwelgen. Dazu musste er auch noch meine verwöhnte Exfreundin finanziell zufrieden stellen. Ich erwähne dies deshalb so ausführlich, weil ich stets an den Hundertfrankenschein und die Hochzeitskasse denken musste, wenn ich ihm begegnete. Dies war auch der Grund, dass ich ihn konstant „Heiratsbatzenklauer" nannte. Zugegeben, vielleicht ist dieses Wort ein wenig hart und kleinlich. Bald schon war er bei allen Kollegen der „Heiratsbatzenklauer". Trotzdem blieb er allerwegs mein Freund. Gute Freunde sind solche, die sich genau kennen und trotzdem zusammenhalten. Zu seiner Entlastung sollte ich unbedingt und gerechtigkeitshalber erwähnen, dass er den Diebstahl hartnäckig bestritt. Nicht etwa den Diebstahl meiner Verlobten, nein, den der Kasse. Mit felsenfester Überzeugung beschuldigte er den ausgefuchsten Grossvater meiner Verflossenen. Zugetraut hätte ich es dem alten, buckligen, kleinen Männchen mit dem weissen Hund. Dem scheusslichen Brunnenvergifter und „Znünitäschli" – Klauer. Ich bin ihm seiner Lebtage zwar nie begegnet, kannte ihn auch nicht, ich habe ihn lediglich auf Fotos gesehen. Er hat meine Gegenwart gescheut wie ein Vampir das Holzkreuz. Ich merkte nur, wenn er in meiner Wohnung war und meine abtrünnige Braut besuchte, dass es hinterher nach Schweiss, Kampfer, Hund und süsslichem Leichenduft stank. Irgendwo in der Innerschweiz arbeitete er früher als „Hilfsgrilleur" in einem Krematorium. Er mochte mich nie und war daher absolut gegen eine Heirat mit seinem Kindeskind. In seiner Familie war ich Persona non grata. Ich sei ein Getaufter und das Weihwasser sei mir in die Stirne gebrannt, philosophierte er unbeirrt. Sein Wunsch war, dass sich seine Enkelin mit meinem Freund vermählte, der schlussendlich ja auch in Erfüllung ging. Mein Freund hat sie entführt und geehelicht, der Ärmste. Jetzt ist er tot, abgestürzt in den Bergen mit einem weissen Hund. Er liess sich fallen in eine Welt, wo ihn die Wellen der Wirklichkeit nicht mehr so kalt umspülen. Nun hat er für immer sein rotes, antikes Motorrad verlassen. Schwarz gekleidet trottete ich der Horde mit der gleichen Kleiderfarbe nach, in die Abdankungskapelle. Ich starrte die ganze Zeit auf den kleinen Topf, der mitten in einem Blumenring stand. Darin liegt nun mein Spezi in Asche, der stämmige, grosse „Heiratsbatzenklauer". Unglaublich! Und die Urne sah aus wie die gestohlene Hochzeitskasse. Friede seiner Asche. Seine Frau, die wiederum meine ehemalige Verlobte war, erzählte mir nach der Abdankungsfeier, er hätte zu Lebzeiten darauf bestanden, dereinst nicht unter den Rasen gepflügt zu werden. Man möge seine Asche irgendwo über den Schweizer Bergen im engsten Familienkreis verstreuen. Ich wurde zu dieser „Verstreuung" allerdings nicht eingeladen, erhielt aber ungefähr ein halbes Jahr danach eine Einladung zu einer Gedenkfeier an den Ort in den Bergen, wo damals die Urne entleert wurde. Es lag ein Plan bei, wie ich zu diesem Bergsee gelangen konnte, in den seine Asche gestreut wurde. Die Karte erklärte, dass man bis zur Inigsalp fahren sollte, von da an müsste man zu Fuss bis zum FlIescherfluhsee marschieren. Auf der Alp angekommen, parkierte ich mein Auto vor dem Bergrestaurant und wollte zu Fuss weitermarschieren. Mich wunderte bloss, dass ich der einzige war weit und breit und mein Auto das einzige auf dem Parkplatz. Verzweifelt suchte ich eine Wegbeschilderung, die mich zum Fliescherfluhsee führen sollte. Da war aber nirgends eine Tafel. Ich wollte eben das Restaurant betreten, um mich nach dem Weg zu erkundigen. Da öffnete sich knarrend die Holztüre, so, als würde jemand einen alten Sargdeckel öffnen. Eine Gestalt trat auf mich zu, alt, bucklig, klein mit einem weissen Hund an seiner Seite. Sie roch nach Schweiss, Kampfer und süsslichem Leichenduft, schien unterstandslos zu sein und wirkte verkommen. Die Gestalt sah aus wie eine Mumie oder gar wie ein aus dem Sarg Entflohener. Was mich mehr beunruhigte: sie wandelte, ihre Füsse berührten den Boden nicht und ihr weisser Hund kläffte unsympathisch in meine Richtung. Sein Herrchen fletschte ebenfalls die Zähne im aufgesperrten Mund. Als ich dieses männliche Wesen so stehen sah, war mir bewusst, es frisst Menschen. Es hätte bestimmt eine Anstellung gefunden als Statist in einer Geisterbahn. Mein ganzer Körper bibberte, ich hatte Angst und starrte es an. „Ist des Gaffens noch nicht genug? Sie wollen zur Gedenkfeier am Fliescherfluhsee?" Das Männchen erklärte mir den Weg und meinte, ich hätte eine weitere Strecke gewählt, die anderen Gäste seien bereits oben am See. Ihre Autos hätten sie hinter dem Wald parkiert. Mit weichen Knien stieg ich alsbald den steilen Bergpfad zum See hinauf. Aber bald schon merkte ich, dass ich nicht allein unterwegs war, wir liefen selbander auf dem Pfad. Hinter mir waren Schritte zu hören. Lief ich schneller, wurden die Schritte auch schneller, lief ich langsamer, wurden sie auch langsamer. Zweifellos verfolgte man mich. Ich wusste, verfolgt wird man immer von hinten, aber umdrehen schien mir irgendwie unhöflich. Als ich es dennoch tat, war niemand zu sehen, dafür hörte ich von weitem ein Motorrad näher kommen. Mit horrendem Tempo flitzte ein vermummter, ambulanter Organspender mit einem roten, antiken Strassenhobel an mir vorbei. Die Töffahrer sind, – aus welchem Grund auch immer –, stets zu schnell unterwegs und missachten selbst auf Kuhwegen das Fahrverbot, ärgerte ich mich. Wen würde es wundern, dereinst am Kiosk in der Eigernordwand einen parkierten Feuerstuhl anzutreffen. Oben am See angekommen, umwehte reine Alpenluft meine Nase. Ein Duft von Kuhfladen und Viehdarmturbulenzen. Da war aber weit und breit kein Mensch, nur ein parkiertes, rotes, antikes Motorrad stand einsam in der Flur. Meine Wenigkeit war zweifellos das einzige Lebewesen, ausser vielleicht ein paar Dohlen, Steinböcken, Murmeli, Kühen, Gämsen und Kreuzottern. Ich beschloss zu warten, sicher kommen bald all die geladenen Gäste. Was blieb mir denn anderes übrig? Es kam niemand. Nur der Föhnsturm, er hornte bereits vom Gotthard her. Gelangweilt sass ich am See und zauberte mit kleinen Kieselsteinen wunderschöne Ringe ins Wasser. Plötzlich kreiselte und gurgelte der Tümpel und das Gesicht meines verstorbenen Kollegen spiegelte an der Oberfläche und starrte mich an. Ein „füdliblutter" Wahnsinn war das, jawohl, das war es. Für all die Leser, die der Dialektsprache nicht mächtig sind, sei übersetzt: Ein „arschnackter" Wahnsinn war das. Ich warf, in Verzweiflung, meine hilfeschreiende Stimme ins Tal. Mein „vegetarisches" Nervensystem war im Eimer. Faustdicke Schweissperlen liefen meinen Körper runter. Neben seinem Gesicht, direkt am Ufer, schwamm eine Hunderternote, eine alte, wie sie heute nicht mehr gültig ist. Genau so eine Note hatte ich ihm damals geliehen. Ich zog den Schein aus dem Wasser, was mich erstaunte, die Note war trocken. In Angst und Panik wollte ich zum Auto zurückeilen, doch der Wettergott gab mir für dieses Vorhaben keine Chance. Der Föhn schmiss in Blitzesschnelle dunkle, bleischwere Wolken zum See. Ein grauenhafter Sturm zog auf. Schaudernd dachte ich daran, dass sicher bald alle Sterne vom Himmel prasseln und auf der Alp einschlagen. Tausend Blitze zuckten durch die Wolken und entluden ihre Boshaftigkeit an den Felswänden und der Donner schmetterte seinen Hall durchs Tal. Es baute sich eine Spannung auf zwischen dem Diesseits und dem Jenseits. Die Erde zitterte und vibrierte massenhaft

Würmer an die Erdoberfläche. Es war apodiktisch eine okkultistische Spannung in die Welt der Ahnungen. Das gibt es sicherlich, auch wenn wir uns dessen vielleicht nicht unmittelbar bewusst sind. Der Regen peitschte auf meine Frisur in seiner brutalsten Art. Platschnass, wie der Bergsee selbst, stolperte ich durch die Alp und über mir blies die fliegende Zunft ihre Schalmeien und Fanfaren. Ingrimmig eroberte ich herumliegende Tannzapfen und schmiss den ausgelutschten Eichhörnchenfrass zum Himmel. Ich beugte mich und stemmte mich gegen die Gewalt des Windes, der sich mir wie ein Feind in den Weg legte. Dann wieder stiess er mich in umgekehrter Richtung mit starker Faust vorwärts, Kurs Inigsalp. Ein abwechslungsreiches Stossen und Halten. Aber es gibt eine Kraft, die alles erträgt und an diese Wahrheit hielt ich mich. Ich kämpfte mich durch, zwar noch ganz benommen von dem Erschauten. Im Bergrestaurant wollte ich den Schock mit mehreren Schnäpsen, oder gar einer Flasche Feuerwasser behandeln. Niemand wird mir das glauben, ich würde das auch nie verlangen, auf der Inigsalp gab es kein Restaurant mehr. Mein Auto stand nicht mehr auf einem Parkplatz, sondern mitten in einer Wiese, neben einem roten, antiken Motorrad. Ich war kurz vor dem Durchdrehen. Das kann doch alles nicht wahr sein, was ich hier erlebe, meldete mir mein Auge und mein Rest Verstand. Ich hatte die Kontrolle über mein Hirn verloren. Meine Beine hetzten verzweifelt durch die Alp und trugen mich suchend selbst hinter den Wald. Das Restaurant jedoch fand ich nicht. Fuchsteufelswild schmiss ich meine ausgelatschten Treter durch die Alm und die Socken gleich hinterher. Bei der Rückkehr bemerkte ich von weiten, dass die Autotüre offen stand und sah gleichzeitig zwei dunkle

Gestalten auf einem roten, antiken Motorrad fliehen. Auf dem Beifahrersitz in meinem Auto lag die gefüllte Hochzeitskasse. Im Innenraum stank es bestialisch nach Schweiss, Kampfer, Hund und süsslichem Leichenduft. Der Geruch, – um nicht wieder Gestank sagen zu müssen –, hing wie eine Glocke im Innern, so dass es mir wahrlich die Nasenflügel umstülpte. Der „Grilleur", die Ratte, war also der „Heiratsbatzenklauer" und mein verstorbener Spezi zwang ihn, mir die gestohlenen Batzen zurückzubringen. Da ich keine Fussspuren im Dreck entdeckt hatte, vermutete ich, dass der Feigling lediglich seinen schwebenden Körper hinschickte. Wahrscheinlich war er selber gar nicht drin. Hätte ich ihn damals auf der Alp erwischt, ich würde verschweigen, was ich mit ihm gemacht hätte. Ich wollte nicht den Eindruck erwecken, eine Leiche gefleddert zu haben. Leider konnte er sich rechtzeitig vor meinen Würgeklauen verdünnisieren. Im Trancezustand fuhr ich zum nächsten Dorf. In einer Gaststube fragte ich nach dem Bergrestaurant auf der Inigsalp. Diese Alp war niemandem bekannt, auch von einem Fliescherfluhsee wollte niemand etwas gehört haben. Der Wirt brachte mir freundlicherweise eine Wanderkarte von dieser Gegend, aber wir fanden keine Inigsalp und auch keinen See, der annähernd den gleichen Name trug. Von den Gästen, die mich in der Stube umlagerten und anstarrten, empfingen mich Worte wie Wasserkopf, geistig behindert und hirnverbrannt. Ich stellte fest, dass man mir keinen Glauben schenkte, sondern mich gar bemitleidete. Diese Feststellung hat mich gewiss masslos erbittert. Der Wirt klopfte mir auf die Schulter und meinte: „Die Wanderer vom Unterland erfinden die tollsten Namen. Er könne nicht den ganzen Weltatlas in der Birne haben. Es wisse ja auch keine Sau, wo das „Chuenisbärgli" ist. Birne und Sau hat er gesagt. Jawohl, so hat der Wirt sich ausgedrückt. Unerhört! Empörend! Um langsam zum Schluss zu kommen, es liess sich nie feststellen, wer mir die Einladung zur Gedenkfeier schickte. Meine Ex, bei der ich nachfragte, wusste nichts von einer Gedenkfeier. Jedenfalls ging ich an einem Dienstag in die Kirche und spendete die Heiratsbatzen für eine Gedenkfeier an meinen verstorbenen Freund. Allerdings, und das war meine absolute Bedingung, sollte die Feier in unserer Gemeinde stattfinden. Ich weiss das deswegen so ganz genau, dass es ein Dienstag war, da ich immer an diesen Abenden im Sportverein… Aber das wisst ihr ja schon. Das ist auch nicht unbedingt von Bedeutung. Was ich aber auf jeden Fall noch erwähnen sollte: Ob diese Geschichte nun tatsächlich verbürgt ist, kann heute niemand mehr sagen. Nach so langer Zeit kann auch ich eine präzise Erinnerung, weiss Gott, nicht garantieren.

Weisser Schnee

Weisser Schnee fällt.
Weiss?
Wir bezeichnen ihn immer noch als weiss.
Für unsere Kinder ist er heute noch weiss.
Sie können es nicht beurteilen.
Sie kennen den Schnee aus meiner Jugendzeit nicht.
Noch fällt er.
Zwar spärlich, nicht mehr periodisch wie früher.
Zu meiner Jugendzeit konnte man sich noch auf den Schnee
verlassen.
Ich schaue aus dem Fenster.
Es schneit.
Die Kinder freuen sich und spielen mit dem Schnee.
Wie gern würde ich mit den Kindern spielen.
Auch wenn der Schnee nicht mehr so weiss ist
wie zu meiner Jugendzeit.

Laima

In Riga war's, in Lettland.
Weiss nicht, wie es geschah.
Ich spürte eine Hand,
sie war auf einmal da.

Deine Augen funkelten wie Saphir.
Das Haar hing weich wie Samt.
Und eingeflochten, so als Zier,
trugst Du ein buntes Band.

Die prallen Lippen feucht und weich.
Wie gern liebkost' ich sie.
Dein Gesicht so sanft und bleich,
wie zarte Poesie.

Liebesworte echt und rein,
entsprangen Deiner Kehle.
Dankbar schlürft' ich sie hinein
bis tief in meine Seele.

Wir haben oft am Meer gesessen.
Hörten still dem Rauschen zu.
Ich kann Dich nicht vergessen.
I'm still loving you.

Schweizer – Fan

Trittst im Morgenrot daher, seh' ich dich im Strahlenmeer...

Neulich sass ich zu Köln in einer Bar und unterhielt mich mit einem Arbeitskollegen. Von hinten pirschte sich eine männliche Gestalt mit preussischem, gusseisernem Charme neugierig in unsere Nähe. Die Pirsch wäre fast perfekt gelungen, doch sein singender Darm mit Knoblauchgeruch verriet ihn. Aus seinem Gesicht entfernte sich ein gewaltiger Riechkolben, Türklinke gross. Ein Bulbus olfactorius, wie ihn die Intelligenz nennen würde. Er lauschte eine Weile und fragte dann höflich: „Seid Ihr Schweizer oder tut Ihr nur so?" Ebenfalls freundlich wollte ich wissen, warum er glaube, dass wir hier im Lokal ein Theaterstück einstudieren würden. „Schauen Sie", belehrte er uns, „heute, wo der Dialekt wieder in Mode gekommen ist, versuchen viele Leute, sich einen solchen anzueignen, um schick zu sein. Klingt absurd, ist aber in der Tat so. Darüber sollte man nachdenken."

„Normalerweise tragen wir als Beweisstück ein Alphorn auf der Schulter oder eine Kuhglocke am Hals", witzelte ich. „Haha, haha", gurgelte er, weil ihm ein Schluck Pils in die falsche Röhre geraten ist. Er musste seinen Hals frei husten, ehe er wieder sprechen konnte. „Ha, ha", wiederholte er mit einem kurzen, militärischen Lachen. „Sehen Sie, das liebe ich an euch Schweizern, ihr überrascht uns stets mit eurem spontanen Humor. Es ist erlabend. Darüber sollte man nachdenken, nicht?" hustete er weiter. Es schien immer noch Sauce in der falschen Röhre zu stecken. Ohne eine Antwort abzuwarten, schwatzte, gurgelte und hustete er weiter, und wie! Ohne Unterbrechung, ohne Pause. „Wissen Sie, ich bin ein Schweizer – Fan. Ja, richtig fanatisch in euer Land. Ich bin auch ein eifriger Berggänger und war schon auf manchem 2000er oben. Herrliche Berge, stolze und herausfordernde Berge. Paradiesisch. Darüber sollte man nachdenken. Die Einheimischen, besonders die in den ländlichen Gegenden, sind allesamt liebenswürdig, hilfsbereit, ulkig, arbeitsam, korrekt und sauber. Darüber sollte man nachdenken. Apropos Sauberkeit, die Strassen, Plätze, ja, die ganzen Städte sind blitzblank, fast steril. Einfach einladend. Man könnte ein heruntergefallenes Eis von der Strasse auflecken. So sauber ist es bei euch. Darüber sollte man nachdenken. Auch die Politik in eurem Land ist genauso sauber. Unkompliziert, gradlinig, kollegial, glaubwürdig und neutral. Darüber sollte man nachdenken. Dann die herrlichen Bräuche und Sitten – sind so faszinierend in der Schweiz. Hornussen, Platzgen, Steinstossen, Schwingen, Alphornblasen, Fahnenwerfen und Jodeln. Einfach einzigartig, unverkennbar, sittsam und urchig. Es sind absolute Knaller. Darüber sollte man nachdenken. Erinnern wir uns doch an die Schlachten. Wie die Eidgenossen mutig, ehern, entschlossen, uneigennützig und kameradschaftlich ins Kampffeld zogen und grosse Heere besiegten. Darüber sollte man nachdenken. Vergessen wir den Tell und seine Verbündeten nicht. Wie sie, zum Volkswohl, für ihre Idee gekämpft haben. Für Freiheit und für eine bessere Zukunft kämpften sie aufopfernd, patriotisch, willensstark und unerschrocken gegen die Unterdrücker. ‚Lieber Tod, als in Knechtschaft leben‘, war ihr Leitsatz. Darüber sollte man nachdenken. Müsste ich eure niedliche Sprache definieren, würde ich sagen melodisch, kurz und bündig. Eine lange Rederei in deutscher Sprache, wie zum Beispiel: ‚Wie bitte? Ich habe Sie nicht richtig verstanden‘, wird in eurem Dia-

lekt einfach: ‚Hä?' gesprochen. Zeitsparend, unschnörkelhaft und simpel. Darüber sollte man nachdenken. Schauen wir uns doch auch die schweizerische Industrie an. Führend, solvent, zuverlässig, perfekt und beispiellos. Nicht umsonst ist die Schweiz eines der reichsten Länder der Welt. Dies ohne eigene Bodenschätze, wohlverstanden. Darüber sollte man nachdenken. Die Schweiz ist das Paradies auf Erden. Zufluchtsort, ein Garant für Erholung und Sicherheit. Ein Juwel mitten in Europa. Darüber sollte man nachdenken." Der Gehirnathlet schaute mich an, als würde er auf einen riesigen Applaus warten. Ich hatte während seiner Predigt genügend Zeit, um über das Gesagte zu sinnieren. Ich gab mir einen Stoss und sagte ihm mit leiser Stimme: „Mein lieber Herr, wussten Sie, dass in diesem Paradies prozentual, von ganz Europa, am zweitmeisten Suizide begangen werden? Darüber sollte man nachdenken."
…Gott im hehren Vaterland.

Redwood

Düster ist's im Tannenholz.
Nur mattes Sonnenlicht.
Das sich oben in den Kronen
im dichten Astwerk bricht.

Hand in Hand geh'n wir bedächtig
in dieser Grabesruh'
und hören beide schweigend
dem Sang der Vögel zu.

Die Nadelfächer an den Bäumen
rauschen sanft und still
und flüstern von der Liebe,
die ich Dir schenken will.

Der Bach

Es braust der Bach zu Tale.
Was will er da wohl seh'n?
Ich schau hinauf zum Berg.
Da oben ist's doch schön.

Was zieht dich denn, mein Bächlein,
in die Welt hinaus?
Was willst du in der Ferne?
Es ist so schön zu Haus.

Reinigung

Wind und Regen
kommen deswegen,
um alles zu putzen,
was wir schweinisch benutzen
und ohne Gewissen und Sorgen
achtlos entsorgen.
Haufenweise,
verwerflich, knallhart.
In schändlicher Weise,
in frevelnder Art.

Second – Hand – Eheschein

Immer mehr befreundete Ehepaare in meiner Clique werfen ihre Ehe achtlos auf den Müll und stürzen sich wagemutig in ein zweites oder gar drittes Ehe – Abenteuer. Sie wissen nicht, was sie tun, aber sie tun es trotzdem. Ich werde in diesem Freundeskreis bereits prüfend gemustert und man flüstert über mich, hinter vorgehaltener Hand selbstverständlich. Meine Person gilt als altmodisch, mutlos und ehrpusslig, weil ich immer noch mit derselben Frau zusammenlebe. Diese Massregelung ist mehr als unfreundlich und unziemlich. Aber sei's drum. „Abwechslung und die Flucht aus der Monotonie bringen frischen Wind in die Ehe, höhere Lebensfreude und vor allem einen aufflackernden Sexualtrieb. Wenn man von den Dingen, die man als Jugendlicher geglaubt hat, mit vierzig immer noch überzeugt ist, hat man in seinem Leben wenig dazugelernt. Es ist notwendig, sich hin und wieder von alten Überzeugungen, Gewohnheiten, Meinungen und sogar Weggefährten zu trennen. Man muss loslassen können. Immerdar enthüllt das Ende sich als strahlender Neubeginn", ermutigt man mich, es ihnen gleich zu tun. Auf gar keinen Fall! Für mich ist die Ehe zwar wie ein heisses Bad. Wer zu lange drin ist, gewöhnt sich an den Schmerz. Ich bin nach so langer Zeit masochistisch und hitzebeständig geworden. Zudem habe ich in einer Statistik gelesen, dass Ehemänner länger leben als Singles. „Wahrscheinlich ist das eure gerechte Strafe. Es ist jedoch kaum ratsam, den Statistiken zu trauen, die man nicht selber gefälscht hat", wusste ein Eheloser. Das Erschreckende an diesem Scheidungstrend ist aber zweifellos, wegen was für Kleinigkeiten Ehen hingeschmissen werden. Ich weiss von einem Fall, da kam es nur zur Scheidung, weil der Ehemann mit dem Gebiss seiner Frau die Zigarren abzwickte. In meinem Bekanntenkreis sind aber, wie bereits erwähnt, unzählige Unzufriedene. „Meine Frau war eine Pfeife, ein richtiges Suppenhuhn. Sie hat sich nicht weiter entwickelt. Sie blieb immer die Alte, die Nutzlose. Die einzige Spannung bei uns zu Hause kam aus der Steckdose. Ich aber brauchte Neues, Spontanes. Auf den ausgetretenen Pfaden kamen wir nicht mehr weiter. Nutzlose, alte Sachen gibt man an wohltätige Einrichtungen. Deswegen habe ich mich scheiden lassen", argumentierte ein Mitglied dieses Freundeskreises. „Meine Partnerin hat sich total verändert. Sie war nicht mehr die, welche ich geheiratet habe. Eine Fremde lebte neben mir. Dieses Wesen konnte und wollte ich nicht mehr lieben. Besser ein Ende mit Schrecken als ein Schrecken ohne Ende, dachte ich und bin ausgebüxt", war eine weitere Argumentation. „Bei mir war die Scheidung absehbar. Mein Miesepeter wurde zum Stubenhocker. Er spielte am liebsten mit den Kindern und dem Hund, ging selten bis gar nicht mehr aus dem Haus. Das soll und darf man nicht, die Frau so vernachlässigen. Auf gar keinen Fall. Ein absolutes ‚No – Go.' Ich habe mit ihm nie innerlich eine Explosion erlebt. Mein Körper braucht Tanz und Feuer. Bei diesem lauwarmen Kerzenlicht, das er bieten konnte, hatte ich die Kraft nicht mehr, noch wollen zu wollen. Die Decke ist mir auf den Kopf gefallen", seufzte eine Unternehmungslustige. „Mein Ex war überhaupt nie zu Hause. Er war viel geschäftlich im Ausland, kümmerte sich kaum um mich und die Kinder. Wir haben uns langsam auseinander gelebt. Wäre statt meinem Mann ein Katzenkratzbaum in unserer Wohnung gestanden, ich hätte es nicht gemerkt und hätte wahrscheinlich diesen vernascht. In einer Gemeinschaft ohne Liebe kannst du essen, soviel du willst, du wirst an Gewicht verlieren", bemitleidete sich eine Vernachlässigte. „In unserer Ehe trank nur ich mit den Gästen, wenn Feste gefeiert wurden. Meine Frau war ein Gesundheitsapostel und überzeugte Antialkoholikerin. Steril wie ein Retortengefäss und potthässlich. Überall klebte ihr Passbild auf den Giftflaschen. Sie musste eine Kiste Bier tragen, damit die Männer ihr nachschauten. Zudem hat sie Nasenpolypen wie Kuheuter und sprach die Sprache eines Nasenbären. Wir führten eine Josephsehe, ganz ohne Auf- und Absteigen. Früher habe ich auch den Mädchen nachgeschaut, aber heute weiss ich nicht mehr warum. Ich trank immer mehr, weil die Realität eine Illusion ist, die bei mir durch Mangel an Alkohol entsteht. Ich schmiss den Bettel hin", mischte sich ein Angetrunkener in die Diskussion ein. „Ich durchschritt die Hölle, das darf ruhig gesagt sein. Die Meinige war süchtig nach Alkohol, Zigaretten und Tabletten. Der Schluckspecht becherte wie ein Matrose. Kam dauernd, wenn überhaupt, mit runden Schuhen nach Hause. Ich habe sie damals trotzdem geheiratet. Den Grund weiss ich allerdings nicht mehr. Sie grätschte mit voller Wucht in mein junges Leben", maulte ein Ordentlicher. Eine Horoskopsüchtige ereiferte sich: „Meine ehemalige Bangbüchse ist Skorpion mit Aszendent Skorpion. Eine Heulsuse. Ich schenkte ihm unzählige Seifen, weil er immer jammerte, dass es ihm so dreckig geht. Dauernd erpresste mich diese Ratte mit Drohungen, sich ein Leid anzutun. Einmal überlebte er nur, weil er sich hinter den Zug statt vor den Zug warf. Ein andermal hing er mit einem Strick um den Bauch am Dachbalken. Mit dem Seil am Hals hätte er ja keine Luft bekommen, philosophierte er. Nie hatte er den Mut, sich abzumurksen. ,Feige sei er nicht', posaunte er, ,bloss stärker als der Held in ihm.' Ich glaube, dass selbst der Tod vor ihm floh, weil er sich verarscht fühlte. Die Mimose wünscht sich dereinst eine Narkose, bevor man ihn kremiert. Ich war nervlich am Ende. Soll er doch sein ganzes Geld und Gold fressen, der Geizhammel. Eine andere soll ihn künftig vom Seil abknöpfen. Ich suche einen starken Mann, der sich durchsetzen kann." Eine Grosszügige fiel ihr ins Wort: „Meiner war ein Lebemann. Ein Kotzbrocken. Arrogant, frech und dumm. Ich liess ihn gewähren und sprach kaum noch mit ihm. Irgendwo habe ich gehört, die Männer seien die Hämorrhoiden der Menschheit und mit ihnen zu sprechen, sei reine Zeitverschwendung. Man spricht ja auch nicht mit einem Geschwür. Gott erschuf die Männer nur, damit die Frauen etwas zum Lachen haben. Ich werde mich jemandem zuwenden, bei dem ich Lebefrau sein kann. Ich werde den zu meinem Eigen machen, der mich mit Noten futtert. Die sanftmütigen Geber erben die Welt." Nun ging es Schlag auf Schlag, jede und jeder wollte den Scheidungsgrund loswerden. „Mein Mann ging immer auf den Sportplatz. Ich war an den Wochenenden meistens allein." „Bei mir war es gerade umgekehrt. Ich musste immer allein zu den Sportveranstaltungen, in die Oper oder ins Theater. Mein Ehemann war an allem desinteressiert." „Mein ehemaliges Schmerbauchgeschlabber war zu dick. Eine fette Qualle. Ihr Körper und ihre Fettzellen waren nach langem gemeinsamem Miteinander unzertrennlich. Die werden sich niemals voneinander trennen. Ich will eine Dünne. Bei Rippendürren hat man im Haus mehr Platz für anderes." „Meine war ein Hungerhaken, fast durchsichtig. Sie musste sich mir zweimal zeigen, damit ich sie einmal sah. Die Neue soll handlicher sein. Wohlernährte geben im Winter mehr Wärme und im Sommer mehr Schatten." „Die Verflossene von mir war eine Bohnenstange. Ich hätte gern eine mit kleinen Füssen, die kämen näher zum Herd. Ich bin ein Gourmand." „Die Meinige war ein Liliput. Beim Geschlechtsakt sah ich sie nie. Die Neue muss gross sein. Auf Augenhöhe, mindestens." „Ich war mit einer Schlampe verheiratet. Das ganze Haus, inklusive Garten, war ein Chaos. Ich riss mir den Arsch auf, krampfte bis zum ‚Gehtnichtmehr.' Dies alles nach Feierabend, wohlverstanden. Ich war ihr Säumer. Das ging einem auf die Dauer ans ‚Läbige.' Sie war ständig ausserhalb meines Blickwinkels. Nichtstun war ihr Vollzeit – Job." „Mein Putzteufel tyrannisierte mich mit seinem Reinheitsfimmel. Dauernd stand sie mir auf den Füssen. Eine Frau wie eine Regenwolke, wenn sie sich verzieht, wird's schön." „Ein Schmutzfink war meine. Ungepflegt und verkommen. Es ist wahrlich kein schöner Anblick, wenn beim Slip immer das Seil vom Tampon raushängt." „Mein Gott, hatte ich Pech mit den Männern. Der Erste ist durchgebrannt, der Zweite nicht. Ich ignorierte all die Warner und Mahner." „Mein Zeiselbär hing an mir wie ein Egel. Wir waren gute Freunde, schätzten, ehrten und liebten uns. Wir waren immer füreinander da, gönnten uns alles, ohne Neid. Es war nie Hass und Betrug im Spiel. Nach unserer Heirat ging dies alles verloren. Die lieblichen Gedanken und die schönen Träume kamen nach der Heirat alle hinten wieder raus." „Ich war mit einer Gottesanbeterin zusammen. Sie sprach mit Engelszunge. Schlussendlich trennten sich unsere Wege, weil sie extremen Mundgeruch hatte. Ich kaufte ihr statt einer Zahnbürste einen WC – Besen. Diesen Humor hat sie nicht verstanden. Sie ver-

schloss sich hinter einer plombierten Klostertüre. In jungen Jahren, als sie mich anflehte, ich möge sie aus dem Elternhaus entführen, hätte ich stutzig werden müssen, als ihr Vater sich anerbot, mir bei der Entführung zu helfen." „Ein rabiates Weib war mein Lindwurm. Sie machte mich kriechfähig. Ich zeigte ihr einmal die Zähne, seitdem habe ich künstliche. Sie hatte eine unheimliche Rechte. Mehrmals bin ich in das Haus für geschlagene Ehemänner geflüchtet. Hinterher war das Wort ‚Liebe' tot. Es ging nicht mehr. Futschikato." „Ich wurde eingeschnürt. Er war zwar treu und anhänglich, wollte aber stur immer nur samstags ins Paarungszimmer, ich lieber sonntags. Die Ehe explodierte an einem Mittwoch." „Mein Schaufler liess nichts anbrennen. Sein Leben war reich an Suchen und Finden. Kein Wochenende ohne seine Passion ‚Seitensprung.' Er stolzierte durch das Leben, als sei er die grösste Entdeckung seit Coca – Cola und dem ‚Salzstängeli.' Gewalttätig und talibanär war er. Wurde ich frech, schlug er mich. Vor Gericht behauptete er: die Frau sei aus einer Rippe vom Mann entstanden. Also dürfe er wohl auf seiner eigenen Rippe herumschlagen.
Ich hörte und hörte und staunte und fühlte mich wie eine lebende Klagemauer. Ich glaube, in Zukunft überlebt nur noch die durch den Computer ausgewählte Liebe. Sich irgendwo kennen lernen hat keine Chance mehr. Am Monitor braucht man nur „Traumfrau" oder „Traummann" anzuklicken. Die Wünsche eingeben und noch hinzufügen, wie man selber sein sollte. Dann spuckt das Ding den Idealpartner heraus. Oder ich hätte noch eine Idee. Die ist mir eingefallen, als ich die vielen unterschiedlichen Scheidungsgründe anhören musste. Die meisten hätten sich gar nie scheiden lassen, sondern nur die Partner untereinander austauschen müssen. So

wären sie unverzüglich zu ihren Idealpartnern gekommen.
Vielleicht gibt es irgendeinmal einen Second – Hand – Shop,
wo man den Eheschein gegen einen anderen umtauschen
kann. Vorerst ist die Lösung, dass es keine Lösung gibt ohne
Scheidung. An alle „Bis – dass – der – Tod – uns - scheidet"
– Eheleute: Tröstet euch! Auch die Zukunft geht vorüber.
Das ist dann die saubere, aber auch die endgültige Lösung.

Krieg

Wir, das Volk, wollen keinen Krieg!
Doch wir werden gezwungen, ihn hinzunehmen.
Wir werden gezwungen, jenen zuzujubeln,
die Kriege wollen.
Wir werden gezwungen, uns bei ihnen zu bedanken.
Für was?
Für Zerstörung, für Vernichtung, für Elend, Leid und Qual?
Für was?
Weil wir nichts zu essen und zu trinken haben?
Für was?
Weil wir in kalten Wohnungen hausen müssen?
Für das,
dass sie unsere Männer stehlen
und unsere Söhne nicht mehr zurückkehren?
Die Führer nennen dies absoluten Gehorsam.
Herr im Himmel, was ist deine Welt für eine Welt?
Übergiess uns mit Verstand.
Es wird immer solche geben, die ihn brauchen.
Und schick uns eine weisse Taube.
Denn wir, das Volk, wollen Frieden!

Buslik

Eine wunderschöne Blume
blüht still im Sonnenlicht.
Ich betrachte sie und hoffe,
dass sie niemand bricht.

Aus dem Kelch der Blume
strahlt frühlingshafte Ruh'.
Ich streichle sie und fühle,
sie ist genau wie Du.

Wie lag ich gern an Deiner Seite.
Wie quälte mich Dein Geh'n.
Nun lieg ich an der Sonn' und friere,
die Blume kann es seh'n.

Ich fühl', wie Liebesschmerzen mich verzehren.
Wie Sehnsuchtswehen mich berühren.
Wie sich Herz und Seele wehren.
Mein Körper will Dich spüren.

Doch warme, süsse Träume
wärmen den Frost in mir.
So ist's, als ob ich dauernd
Deine Nähe spühr'.

Wie gern würd' ich jetzt reisen,
bis mein Herz vor Deinem steht.
Dir Freud und Gunst erweisen,
wie mir die Blume in dem Beet.

Ich beneide all die Wolken,
die rasch nach Norden flieh'n.
Hätt' ich 'ne grosse Leiter,
Ich würde zu Dir zieh'n.

Der Wundercontainer

Pechschwarzes Haar hatte sie und war elfenhaft schön. Mehr noch, sie war damals in der Schulzeit die Königin vom Schulhof. Mit geschwellter Brust und ehrlichem Stolz, ohne übertriebene Lobhudelei, darf ich erwähnen, ich war ihr Freund, damals als Jungspund. Ihr Gestell war wohlgeformt wie das einer Barbie – Puppe und mit den Augen hatte sie einen Aufschlag wie ein Tennisprofi. Eine von den Eltern sehr Gelungene. Ihr asiatisches Aussehen und ihre geschlitzten Mandelaugen verdankt sie ihrem Vater. Er ist Vietnamese und die Mutter kommt aus dem Nahen Osten, von Vaduz. Mein Jugendjuwel stand mir wahrlich gut zu Gesicht. Wie haben wir uns damals geknuddelt, waren ständig ineinander verschnürt wie ein Wollknäuel. Und geschmust haben wir wie zwei Nymphensittiche auf der gleichen Stange. Ich habe damals gierig in ihrem Mund jede Ecke ausgelutscht. Meine Zungenspitze baumelte stundenlang in ihrem Magen und ich spielte selbst geschriebene Liebeslieder mit meiner Klampfe unter ihrem Fenster. Sie war heiss, liess nie was anbrennen, nutzte jeweils die Gunst der Stunde, war ein Turbo und stand tüchtig auf dem Gaspedal, als wollte sie aufholen. Den ersten Sexualkontakt, erzählte mein Tornado, hätte sie mit zwölf gehabt. Ich meinerseits hatte ihn nur mit einer einzigen, wenn ich aufrichtig zurückdenke. Der schlechte Ruf störte die Schöne nicht allzu sehr. Ihr war es immer, mit Verlaub, scheissegal, was die Leute von ihr reden. Selbstsicher verklickerte sie stets: „Die einen kennen mich, die andern können mich." Sie liebte, lebte und genoss das Leben ohne Hemmungen. Wie sagt der Franzose so schön: „Tel Aviv!" Leider hat die reichlich vorhandene Schönheit der Intelligenz nicht mehr viel Platz gelassen. Sie war nie bei den Stärksten in der Schule. Das Lernen fiel ihr schwer. Deswegen wurde sie von einigen konservativ erzogenen Mitschülern gemieden, ausgelacht und sogar verhöhnt. Mir jedoch war sie ans Herz gewachsen. Wenn ich an sie denke, habe ich heute noch eine ganze Stirne voll glücklicher Gedanken. Diese Schulfreundschaft liegt nun bereits 15 Jahre zurück. 15 lange Jahre, in denen so manche Maus in ein anderes Loch schlüpft, habe ich sie nicht mehr gesehen. Letzte Woche betrat ich mit Geschäftsfreunden eine Bar in Zürich – West. Ich traute meinen Augen nicht. Da stand sie, hinter der Theke als Durstseelsorgerin. Ein idealer Beruf für den Uhu, sie war schon immer eine Nachteule. Khyra, mein ehemaliger Favorit, immer noch gleich schön wie damals. Immer noch gleich wild und fremdländisch. Ihr Mini hörte da auf, wo bei anderen Mädchen der Rock anfängt. Es war, weiss Gott, ein unbeschreibliches, wunderschönes Wiedersehen. Wir hatten uns so viel zu erzählen und erlebten einen traumhaft schönen Abend, den ich nie aus meinem Gedächtnis streichen werde. Trotz den anderen anwesenden Gästen schenkte sie mir sehr viel von ihrer Zeit, sass mir gegenüber und strahlte mich an mit ihrer ehrlichen Herzlichkeit. Dabei paffte und qualmte sie ununterbrochen, wie der Cerro Azul auf Galapagos. Zudem schöpften wir manch gutes Schöppchen Wein. Zur vorgerückten Stunde schlug die Wilde unternehmungslustig vor: „Komm, jetzt lassen wir die Sau durch die Stadt." Khyra ist eine Partymaus, die ständig um die Häuser ziehen muss. Sie lebt nur in der Jetzt – Zeit, vergeudet keine Gedanken an Gestern oder Morgen und gibt mächtig Vollgas. Eine lebenslustige, beneidenswerte Frohnatur eben. Trunken vom Wein, schaukelten wir zünftig durch das Zürcher Nachtleben. An einem lauschigen Plätzchen am See wollte ich von der Schönen wissen, woher sie diese Fröhlichkeit nimmt, mit der sie so sorgenfrei durchs Leben geht. Mit einem mit nichts zu vergleichenden, sympathischen Lächeln gab sie mir eine Antwort, die ich künftig immer mit mir durch das Leben tragen werde. „Schau", erzählte meine Jugendflamme, „jedes Mal, wenn ich mit Kummer nach Hause komme, mache ich Halt vor dem Abfallcontainer. Ich öffne ihn und werfe all die Lasten und die Sorgen, die ich herumschleppe, hinein. Ob du es glaubst oder nicht, ich geniesse danach einen behaglichen Abend. Kommen die Sorgen in der Nacht und ich kann nicht schlafen, liege wach und studiere, führt mein Weg am Morgen wieder zum Container. Schwupps und schluck, wie ein Staubsauger „kübelt" er alles und eh man sich's versieht, ist all das Böse weg und man ist von aller Bürde befreit. Nach dem Containergang ruht der Kopf und singt die Seele. Ich geniesse hinterher einen sorgenfreien Arbeitstag. Mein Lieber, wenn es schlecht läuft im Leben, wird man erfinderisch und unnachgiebig und kämpferisch und mutig und überhaupt… Man muss zum Hammer werden, wenn man nicht Ambos bleiben will. Es ist so vieles geschehen in meinem Leben. Darum hatte ich zeitweise den Faden verloren, bis ich den Container entdeckte. Nun vertraue ich meinem Sorgenvertilger. So komme, was da kommen soll und komme, was da mag, auf den Container ist Verlass. Man darf ihn zehnmal, zwölfmal, fünfzehnmal am Tag besuchen, gestern, heute, morgen, um die Sorgen zu entsorgen. Nach der Sorgenbefreiung muss man allerdings den Deckel schnell wieder schliessen, damit nicht das Umgekehrte passiert und man die Büchse der Pandora öffnet und alles Unheil wieder herauslässt." Sie strahlte mich an, als sie mir das alles erzählte. Ich musste ihr die Geschichte abnehmen, denn ihre Fröhlichkeit schien echt und glaubwürdig. Dieser herzliche Mensch also, diese Gemiedene von damals in der Schulzeit, wegen ihrer Lernschwierigkeit nicht voll akzeptiert, zeigt uns Mitmenschen, wie man den unangenehmen Lebensweg verlässt und den angenehmen finden kann. Lieber Goldschatz, unser Wiedersehen war nicht nur schön und unvergesslich, sondern auch wertvoll für mich. Gestatte mir, ich werde deine Lebensklugheit abkupfern. Mein Weg führt nun auch am Container vorbei. Jedes Mal, wenn ich künftig meine Sorgen ausrotte, werde ich an dich denken. Du wirst zeitlebens in meinem Kopf präsent sein.

Spruch

Wenn alles eben käme,
wie es kommen soll,
dann soll es eben kommen,
wie es käme, wenn es soll.

Gedanken

Mit den Steinen, die man mir in all den Jahren vor die Füsse warf, könnte ich Atlantis wieder aufbauen.

Ich bewundere meine Frau. Dass sie mich geheiratet hat, beweist ihren guten Geschmack, all dem Schönen auf dieser Welt positiv gegenüber zu stehen.

Wenn es einen Knall gäbe und alle Häuser von Mafiosi würden einstürzen, dann entstünde in Süditalien eine grosse Wüste.

Die Geburtenrate in der Schweiz liegt bei 1,2% Kindern pro Familie. 1 Kind ist für mich verständlich. Wie das aber mit den 0,2 Kindern verläuft, strapaziert mein Hirn.

Ein Verärgerter hat mich „alte Sau" genannt. Das hat mich sehr gekränkt. „Sau" hätte ich ja akzeptiert, aber „alt" hat mich schon masslos verbittert.

Musikkritiker sind jene Menschen, die selbst Singvögel kritisieren.

Wer das Dunkle nicht kennt, wird nie das Licht schätzen.

Mobbing

Bäume, nichts als Bäume
wirft man mir vor die Füsse.
Hab' nachts die schlimmsten Träume.
Erdulde Niedertracht und Judasküsse.

Ein rauher Wind weht mir entgegen.
Böses brennt in meinen Ohren.
Das Vertrauen in die Kollegen,
hab' ich längst verloren.

Vom Arbeitsplatz wurd' ich vertrieben.
Eine Hetzjagd durch den Dornenstrauch.
Wäre gern bei meiner Braut geblieben,
doch ein Freund wollte sie auch.

Nirgends hatt' ich eine lange Bleibe.
Blieb ausgegrenzt und wurd' verstossen.
Erfuhr den Hass am eignen Leibe.
Wie Säufer und die Obdachlosen.

Bäume, nichts als Bäume
stellt man mir in den Weg.
Was bringt 's, wenn ich mich bäume?
Ich fühl mich kraftlos, müd' und träg'.

Der kluge Rat

Ein Jugendfreund riet mir vor Jahren:
„Du kannst dir manches Leid ersparen,
wenn du zuerst die Mutter inspizierst,
eh' du ein Mädel zum Traualtare führst."

Es missfiel mir manches Mutterg'sicht,
also nahm ich ihre Tochter nicht.
Denn jener Rat, das war wohl klar,
hielt ich lange Zeit für wahr.

Der Zufall war mir wohlgesinnt.
Einmal gefiel mir Mutter und ihr Kind.
Ich war so froh ob diesem Fund
und tat meine Heiratsabsicht kund.

Jahre später merkte ich,
dass sie der Mutter kaum mehr glich.
Das haarige Gesicht war voller Falten
und ihre Launen kaum mehr auszuhalten.

Sie benahm sich schlampig, wurde runder
und schmückte sich mit Kirmesplunder.
Ich musst' als unklug nun erfahren
diesen Rat, den ich bekam vor Jahren.

Nun nahm ich einen Streit in Kauf
und suchte meinen Freund von damals auf.
Ganz trocken meinte mein Berater:
„Manchmal gleichen sie dem Vater."

Das Roulettspiel

Das Leben ist ein Roulettspiel.
Es kommt nicht immer, wie man will.
Die Kugel und das Jetonstück
entscheiden zwischen Pech und Glück.

Wie man auch setzt, egal die Wahl,
der Zufall zeigt 'ne andre Zahl.
Man spielt und spielt, riskiert so viel
und hat doch meistens Pech im Spiel.

Wenn uns das Glück beim spielen fehlt,
es ist nicht Gold und Geld, was zählt.
Dies ist nur Futter für die Diebe.
Pech im Spiel bringt Glück in der Liebe.

Der grosse Kampf

„Vater, Vater, mein lieber Vater!" Die kleine Sonja stand draussen vor der Berghütte, die Zähren rannen ihr über das bleiche Gesicht und immer wieder schaute sie zum Firmament und rief: „Vater, Vater!" Ein greller Blitz zuckte über die Alm, begleitet von einem wuchtigen Donnergeschmetter und drinnen in der Stube riss der Vorhang von der Stange und fiel zu Boden. Die beiden schwarzen Zeiger der Wanduhr blockierten exakt bei fünf Minuten vor 9 Uhr. Hilda stürzte in die Hütte, die Hände an die Ohren gepresst: „Barbara! Schau endlich auf dein Kind. Die Sonja steht draussen vor der Tür, schaut zum Himmel und schreit ununterbrochen nach dem Vater. Sie ist verwirrt, weint und wird von Krämpfen geschüttelt. Geh bitte, schau nach dem Kind." Kopfschüttelnd nahm Barbara ihr Kind in den Arm, fuhr ihr mit der Hand über das Haar und flüsterte: „Papi kommt am Sonntag, dann kannst du mit ihm spielen, den ganzen Tag." „Nein", schluchzte die Kleine und streckte ihren Finger hoch, „Papa ist da oben im Himmel, ich will zu Papa." Der Hilda ist es unheimlich geworden, sie verkroch sich in der Küche und begann das Mittagessen vorzubereiten. Die Mutter drückte ihr Kleines fester an sich und versuchte das Häufchen Elend zu beschwichtigen, was ihr allerdings nur ungenügend gelang. Das Kind wollte sich nicht beruhigen, weiterhin schaute es zum Himmel und rief nach dem Vater. Als Barbara mit der Hand über Sonjas Stirne strich, bemerkte sie, dass diese ganz heiss war. „Die glüht ja, kein Wunder, phantasiert das Mädchen. Hilda, bring mir den Fiebermesser, schnell!" „39°, Mensch, das ist ja lebensgefährlich. Das erklärt auch ihre Halluzinationen." Barbara

schlug die Hände über dem Kopf zusammen und machte ein verzweifeltes Gesicht. „Wir müssen den Doktor holen, Hilda. Es ist mir sehr, sehr Angst. Gehst du ins Dorf und holst den Doktor, bitte? Ich mache ihr unterdessen einen Fingerkrautwickel um die Füsse, mit Essig und Salz und eine Ganzpackung und gebe ihr einen Tee mit Bitterklee."
„40°, o Gott, o Gott! Kommt denn Hilda nicht bald? Seit 2 Stunden ist sie schon weg, sie sollte längst zurück sein", rechtfertigte sich die Mutter bei der fiebernden Tochter. „Jetzt höre ich ein Auto kommen, Sonja. Gott sei Dank, sie sind da, ich sehe es durchs Fenster, mein Liebes. Die Gendarmerie hat den Doktor und Hilda hinaufgefahren. Das ist doch lieb, nicht, mein Schatz?" „Sind Sie Frau Hartmann?" prüfte der Gendarm forsch und bestimmt. „Ja, ich bin Frau Hartmann, aber es geht um meine Tochter, sie hat hohes Fieber." „Überlassen Sie Ihre Tochter dem Herrn Doktor, da ist sie in guten Händen. Ich meinerseits, muss Ihnen leider eine Botschaft überbringen, die sehr unangenehm und betrüblich ist." „Eine Botschaft, die unangenehm und betrüblich ist?" wiederholte Barbara fragend. Sie konnte ihre Überraschung nicht verstecken. „Ja, Frau Hartmann, heute Morgen, um zirka 9 Uhr, ist Ihr Mann in einen schweren Verkehrsunfall verwickelt worden. In einen sehr schweren Verkehrsunfall, wohlverstanden." „Mein Gott, ist er verletzt?" presste Frau Hartmann diese Frage heraus und ihre Augen verformten sich erschrocken zu grossen Scheiben. Sie dachte nicht darüber nach, warum ihr das Herz unvermittelt bis zum Hals klopfte, sie stellte nur fest, dass es so war. „Tot, meine Ärmste. Auf der Unfallstelle gestorben, ohne leiden zu müssen. Ich glaube, das darf und muss man unbedingt erwähnen, ohne leiden zu müssen. Mein herzliches Beileid.

Sollten Sie Hilfe benötigen, Frau Hartmann, ich und auch der Herr Doktor stehen Ihnen selbstverständlich zur Verfügung." Wie eine Gesengte schrie Barbara auf und ihr Körper taumelte wie trunken zum Sessel. „Nein, nein, nicht tot, das darf nicht wahr sein. Bitte sagen Sie, dass es nicht wahr ist. Nicht tot, bitte, bitte, nicht tot." Dann gaben die Beine endgültig nach und ihre Masse fiel kraftlos ins Möbel. Mit beiden Händen schlug sie immer wieder auf ihre Wangen, als müsste sie sich aus einem bösen Traum befreien. „Wann ist es passiert?" schluchzte Barbara. „Heute Morgen, um zirka 9 Uhr", wiederholte der Gendarm geduldig. Er hatte sich umgedreht, weil er es unanständig fand, das heulende Bündel anzustarren. „Um Himmels Willen, um 9 Uhr? Genau zu dieser Zeit ist Sonja vor die Hütte gerannt und rief lautstark nach ihrem Vater. Sie schaute ständig zum Himmel und behauptete, ihr Papa sei da oben und sie wolle zum Papa. Das ist ja unheimlich." „Zu diesem Zeitpunkt fiel auch in der Stube der Vorhang von der Stange und die Wanduhr blieb stehen", mischte sich Hilda in das Geschehen ein und ihr Gesicht verriet Schauder und ihre Augen Angst. Der Doktor stand schon eine Weile im Flur, liess beide Büdner geduldig zu Ende reden und meldete sich erst, als jeder den grössten Brocken geschluckt zu haben schien. „Ich gab der Sonja eine Spritze, damit sie gut und lange schlafen kann. Morgen geben Sie ihr nur leichte Kost und zweimal am Tag eine ganze Tablette, von denen, die ich auf den Küchentisch gelegt habe. Ich schaue Morgen nochmals vorbei." Dann wetzte er los.

Es war eine endlos lange Nacht für die Mutter. Sie wachte am Bett ihrer Tochter, die trotz Tabletten immer wieder mit aufgerissenen Augen nach dem Papa rief. Am Morgen nach einer minutiösen Untersuchung hörte Barbara aus dem steinernen Gesicht vom Doktor: „Es steht leider sehr schlimm um Sonja. Sie wirkt sehr, sehr lass und selbstvergessen. Das Fieber hat sich nochmals erhöht und ihr Körper reagiert nicht mehr auf die verabreichten Medikamente. Am liebsten sähe ich sie im Spital. Nur, in diesem Zustand übersteht sie einen Transport ins Tal kaum. Wir müssen uns auf das Schlimmste gefasst machen." Mit einer verlegenen Geste flüstert er: „Wir sollten den Pfarrer rufen." „Wieso den Pfarrer?" Barbara schoss aus dem Sessel. „Ist es wirklich so schlimm? Mein Gott, dann will ich auch nicht mehr weiterleben. Zuerst nimmt man mir den Mann und nun auch noch mein Kind." Hier versagte ihr, vor namenlosem Entsetzen, die Stimme. Der Doktor fasste sie väterlich an den Schultern und verharrte eine Weile, dann reichte er ihr eine Tablette zur Beruhigung. „Ich lasse Ihnen noch ein paar Beruhigungspillen da, Frau Hartmann. Aber nicht übertreiben, höchstens drei Stück pro Tag. Verstanden? Lenken Sie sich ein wenig ab und denken Sie daran: Alles Gute wechselt am Zenit zum Schlechten und alles Schlechte wechselt am Zenit zum Guten. Daran wollen wir glauben und an diese Tatsache wollen wir uns festkrallen. Trotzdem, wenn ich unten im Dorf bin, bitte ich den Pfarrer, er möge doch vorbeischauen."

„Du, Barbara, darf ich dich, als deine Schwester, was fragen?" Hilda stand unter der Türe, die Küchenschürze hatte sie umgebunden, an der sie immer wieder aus Verlegenheit ihre Hände abputzte. Ohne aber eine Antwort abzuwarten, plapperte sie weiter: „Ihr, das heisst du und Martin, wolltet euch doch scheiden lassen. Nun kannst du froh sein, dass es noch nicht geschah. Ich meine wegen der Witwenrente und so", verklickerte sie naseweis. „Halt deinen Mund, Hilda, bitte! Was weißt denn du schon über unser Eheleben? Ja, die Beziehung war ein bisschen verworren und abgeschmackt. Ich habe mit ihm gesprochen, dass ich die Scheidung will, nur eingewilligt hat er nicht, weil er abgöttisch an der Sonja hing. Aber in letzter Zeit war von Scheidung überhaupt nicht mehr die Rede. Im Gegenteil, wir waren im Begriff, uns wieder zu finden. Hörst du, Hilda? Wir verstanden uns in letzter Zeit wieder gut", verteidigte Barbara pikiert ihre Ehe. „Schon gut, schon gut, vergiss es. War ja nicht bös gemeint, wollte ja nur mal nachfragen", trotzte Hilda.

„Guten Abend Herr Pfarrer, bitte treten Sie ein", bat Barbara den späten Gast. „Gott sei mit Euch. Wo ist die Kranke? So wie mir der Doktor berichtete, ist keine Zeit mehr zu verlieren." Der Geistliche sprach entschieden. Man merkte, ihm war die Seele des Kindes jetzt am wichtigsten. Diese wollte er reinigen, ehe er sich der Tröstung hingab. „Lassen Sie mich bitte mit dem Kind allein, ich rufe Euch dann, wenn es soweit ist." Er sprach es und zog hinter sich die Türe behutsam ins Schloss. Es war eine geisterhafte Stille hinter der verschlossenen Türe. Nur einmal hörten Barbara und Hilda einen Hilfeschrei des Pfarrers: „Kyrieleis!! Herr erbarme dich!!" Nach einer geraumen Zeit trat der Seelenhirt aus dem Krankenzimmer, sichtlich erschöpft und entmutigt. „Frau Hartmann, es mag seltsam klingen, aber Ihre Tochter spricht ununterbrochen mit ihrem verstorbenen Vater, und zwar so gedankenrein und fleckenlos, dass ich daran glauben muss, Ihr Mann will die Sonja zu sich ins Paradies holen. Die Kleine ist unter der Ägide von himmlischen Wesen. Glauben Sie ja nicht, dies sei ein Hirngespinst. Nein, mit Bestimmtheit nicht. Ich habe ähnliches schon einmal erlebt. Ihre Tochter ist in einen Zustand der

Hingabe und Selbstlosigkeit eingetaucht. Wenn man einen Fluss überqueren will, muss man eine Seite verlassen. Um es verständlicher zu formulieren: Ihr Kind ist todkrank und lebt wahrscheinlich nur noch eine kurze Zeit hier auf Erden. Ihre Seele fängt an, den Körper abzustossen. Es gibt eine irdische Kraft und es gibt eine ausserirdische Kraft und am Bett Ihrer Tochter habe ich miterlebt, dass ein grosser Kampf um Sonja zwischen den zwei Kräften begonnen hat. Frau Hartmann, beteiligen Sie sich an diesem Kampf. Natürlich können Sie, oder wir, den Kampf gegen die himmlische Heerschar nie und nimmer gewinnen. Diese Macht ist zu stark für uns. Wir würden gegen Windmühlen kämpfen. Das Machtwort liegt in anderen Händen. Man kann nur glauben oder Angst haben, niemals beides. Ich gebe Ihnen einen Rat, liebe Frau, beten Sie so oft und so lange wie möglich in den nächsten Stunden und Tagen. Es gibt keinen besseren Weg, einen Kampf zu gewinnen, als ihn zu verhindern. Bitten Sie die ausserirdische Kraft, die Stärkere der Beiden, sowie die himmlische Heerschar und Ihren verstorbenen Mann, alle mögen sich erbarmen und Ihnen die Tochter noch weitere Jahre schenken. Dies ist jetzt die einzige und wirklich die alleinige Chance, Ihre Tochter am frühzeitigen Heimgang zu hindern. Die Ultima ratio." Barbara und Hilda lagen sich während dieser Unterweisung in den Armen. Ein ineinander verschlungenes, weinendes und zitterndes Menschenknäuel. „Warum sollen die Kräfte denn wollen?" schluchzte Hilda. Barbara gab sich einen Ruck, entschlossene Augen schauten dem Künder ins Gesicht. „Ja, Herr Pfarrer, ich nehme den Kampf an, ich werde nicht zum Fatalist. Gott hat uns nicht erschaffen, um uns dann zu verlassen. Ich bin bereit, mit meinem Mann zu kämpfen. Ich werde mit den fremden Kräften mauscheln und heischen. Ich werde beten und bitten. Martin entscheidet ja nicht über Leben und Tod, es sind andere, die das Machtwort sprechen. Die Schutzengel von meinem Kind werden mich unterstützen und mir helfen, den Kampf zu gewinnen. Ich brauche die Sonja, sie ist ein Teil von mir. Ja, ich bin zum Kampf entschlossen. Es sind zwar sehr grosse Schuhe, die man mir an die Füsse legt, aber ich werde gehen und nicht fallen. Sollte ich trotzdem fallen und verlieren, wird uns der Himmel beide zusammen holen müssen." Als der Pfarrer in diese entschlossenen Augen sah, wusste er, dass nun ein grosser Kampf beginnen würde zwischen Himmel und Erde und er versprach der Mutter, beim Bitten und Beten zu helfen. Es ist für Aussenstehende oder gar Atheisten unbegreiflich und unvorstellbar, was in den nächsten Tagen alles geschah. Der Kampf spitzte sich zu, Erfolge und Niederlagen lösten sich ab. Das Fieber in Sonjas Körper ging rauf und runter, als wären sich die Mächtigen im Himmel selbst nicht einig. In Sonjas Leib wehrte sich eine Seele, die heraus wollte. Die weltlichen Gebete wurden lauter, länger und flehender. Auch Wallfahrten wurden mit einbezogen und Opfergaben dargebracht. An einem Samstagabend, als die Mutter in Sonjas Zimmer treten wollte, hörte sie Stimmen und seltsame, mystische und wunderschöne sphärische Klänge hinter der Türe und es roch nach Weihrauch und Myrrhe. Durch die Bretterspalten der Zimmerwand und durch die Schlitze am Türrahmen drang das grelle, heilige Licht vom Spiritus sanctus. Irgend etwas Übersinnliches, Paranormales verbot ihr, auf die Klinke zu drücken. Einen Moment hielt sie inne, dann liess sie sich von der Versuchung verführen und spähte durch das Schlüsselloch. Fasziniert, den Atem anhaltend schaute sie in das von Gott geweihte Licht. Sie sah zwei Engel und ihren Mann in der Strahlung, die sich alle über Sonjas Gesicht beugten und sie küssten. Unerwartet drehte sich Martin um und als wäre keine Türe da, stand er vor Barbara. Zu Tode erschrocken und mit kraftlosen Beinen fiel sie willfährig auf die Knie. Er schaute sie lange an und sprach kurz: „Sei ihr eine gute, liebe und gottgefällige Mutter", dann verschwand er und mit ihm auch das Licht, die Klänge und die Engel. Aufgewühlt und erschöpft sackte Barbara an diesem Abend in ihr Bett.

Tränen, haufenweise Tränen rannen ihr über das Gesicht, als am nächsten Morgen, die Wanduhr schlug exakt neunmal, Sonja vor ihrem Bett stand und flüsterte: „Mami, Mami, wach auf. Heute ist doch Sonntag, heute kommt Papi."

Weisser Flieder

Ich brachte Dir ein' Blumenstrauss
mit duftend, weissem Flieder,
in das düstre Krankenhaus,
Du lagst schwerkrank danieder.

Flieder, so wurd' mir anvertraut,
hättest Du in jungen Tagen,
damals schon als Hochzeitsbraut,
zum weissen Kleid getragen.

Die Pflanze hat Dein Haus geschmückt
in der Wohnkommune.
Ihr starker Duft hat Dich entzückt,
's war Deine Lieblingsblume.

Von Herzen bracht' ihn Dir Dein Mann,
um Fliederduft zu streuen.
So konntest Du Dich dann und wann
an der weissen Pracht erfreuen.

Beim Holzkreuz, wo Dein Name steht,
hier treffen wir uns wieder.
Vor mir ein weisses Blumenbeet,
es blüht und riecht der Flieder.

Die Chli

I eusere Schuelklass isch es Mäitli gsi,
es still's, hät nie viel gseit.
Nöd die Schönschti und ganz chli,
hät immer alti Chleider träit.

Mir händ viel über's glachet
und nie mit eus spiele lah.
Sie hät still vor sich ane gschmachtet,
vom Briägge nassi Öigli gha.

's isch ganz älleige gsässe,
z' vorderscht uf em Stuel.
Hät i de Pause ihren Öpfel gässe
und isch wäg' eus nöd gern i d' Schuel.

Chürzli in eme Kafihuus
sitzt näbet mir e schöni Frau,
sie strahlet us de Auge us,
d' Häärli sind liecht grau.

„Sali Arthur. Ich bin 's Marteli.
Kännsch mi nüme meh?
I bi vo de Schuelklass doch die Chli.
's isch schön, Dich wieder z' gseh.“

Flirt

Es war wieder einmal so ein von mir gefürchteter erster Samstagabend im Monat, an dem ich, gegen meinen Willen wohlverstanden, auf die Bowlingbahn entführt wurde. Dies ist, leider, ein Bestandteil eines Abkommens mit meiner Frau. Dafür sitzt sie einmal im Monat mit mir auf der Sportplatztribüne unseres Stadtvereins. Ich hoffe nicht, dass ich frauenfeindlich artikuliere, wenn ich behaupte, dass sie dies, gelinde gesagt, desinteressiert tut und es ihr scheissegal ist, welcher Verein schlussendlich gewinnt. Wobei dieses selten benutzte Wort „scheissegal" durchaus seine Berechtigung hat, in dem vorangegangenen Satz vorzukommen. Um ihre Langeweile zu verscheuchen, rief sie gar oft unflätige Worte auf das Spielfeld, wenn ein Gegner ihrem Lieblingsspieler zufällig auf den Schatten trat. An diesem ersten Samstagabend im Monat wurde ich also wieder unsanft, wie gewohnt, von den Bowlingfreunden durch die Schwingtüre zu dieser Lasterhöhle geschoben. Unzählige Hände klatschten zur Begrüssung auf meine sonst schon lädierte Schulter. Das Spiel kann beginnen, the Show must go on. Widerwillig klammerte ich mich an die Kugeln und warf sie in die mir vorgeschriebene Richtung. Es herrschte allemal ein Stimmengeschrei im Saal, wie in einer Lemurenhalle. Nur wenige der Anwesenden konnten sich beim Murmelspiel nicht begeistern, einer davon war jedenfalls ich. An jeder Bahn wimmelte es von Leuten, die mit einem Geschoss in der Hand schreiend zur Attacke rannten. Mich „gurkt" es an, an einem Abend so viele Kugeln durch den Saal zu schleudern. Solch aggressiver Unsinn ist einfach nicht mein Ding. Ein zum Kotzen langweiliger Abend für mich, da liegt eben der Elch im Pfeffer. Dazu ist man eingepfercht in dieser miefigen Luft und inmitten den Rauchschwaden von Pfeifen-, Zigarren- und Zigarettenschmökern. Geschweige von diesem penetranten Schweissgeruch, der ständig meinen Riecher foltert. Zwischendurch, und dies muss ich der Wichtigkeit halber erwähnen, bin ich auf Kurve. Dann also, wenn man mich nicht unbedingt vermisst, büxe ich aus und amüsiere mich in der mir sympathischen Bar, eine Etage höher mit mehreren hopfenhaltigen Limonaden. So auch an diesem Abend. Weltmännisch sass ich an der Bar, schlürfte an einem Ale und warf mir einheimische und exotische Nüsschen in den Rachen. Drei Barstühle weiter südlich wippte eine Schönheit, mit Lindorkugel – Augen, ihre Beine und ihren Hinterteil zur Rockmusik, die überlaut aus der Box schrie. Mit sperrangelweit aufgerissenem Mund trotzte sie, undamenhaft, der aufkommenden Müdigkeit. Ich studierte und überlegte, woher ich dieses Gesicht wohl kenne, bis sich eine Krampfader im Hirn bildete, aber der Groschen viel nicht. Es war ein wirklich tolles Model, so eine Schöne von der Hühnerstange, der die willigen Gockel, scharenweise aus allen Ösen tropfend, nachgeifern. Man sah, sie hat sich in ein zwar schönes, aber viel zu enges Kleid hineingehungert. Einige Nähte protestierten bedrohlich. Ich bin nicht überzeugt, darf man dieses bisschen Stoff als Kleid beschreiben, es war eher ein kurzes Nichts. Ihre Frisur war ein Streitfall, sie gefällt oder sie gefällt nicht. Meine Augen sahen eine Ananasstaude. Ein blonder Cup Ananas mit eingefärbten, flippigen Streifen. Ihr Bling – Bling – Schmuck, der überall nutzlos herumhing, lässt keine wohlhabende Vorfahren vermuten, er stammt vermutlich eher aus den Kaugummiautomaten. Trotzdem, das Positive obsiegte. Kitsch kann sich nur jemand leisten, der einen guten Geschmack hat. Ich stolzierte wie ein brünstiger Achtzehnender dem ach so süssen, bangen Weh entgegen. „Hoi Schöne, ich bin in einer miesen Lage. Können Sie mir Ihre Telefonnummer geben? Ich habe meine verloren. Sie haben so schönes, blondes Haar, solches möchte ich auch. Wie sind Sie dazu gekommen?" „Das müssen Sie meine Eltern fragen", hauchte sie und schob flapsig ihre nackten Beine übereinander. „Ein hochinteressantes Thema, wir sollten das unbedingt besprechen. Was wäre, wenn ich Sie einlüde, Honey?" „Toll, hallo Hallodri. Weißt du, wir kennen uns von früher, nur deinen Namen weiss ich nicht mehr, aber ich habe dich schon früher immer Hallodri genannt. Damals warst du ein rotzfrecher Springinsfeld. Alles, was einen Rock trug, wurde von dir gejagt. Verzeihe mir die Bemerkung, aber ausser auf rostige Nägel und spitze Glasscherben hast du dich auf alles gelegt", frotzelte sie mit zwinkernden Augen. „Mag sein, man wird eben ständig vom eigenen „Schniepel" erpresst. Aber es ist alles auch ein wenig übertrieben. Ich gehe prinzipiell nie fremd. Ich muss jemanden mindestens eine Stunde kennen", hielt ich entgegen. „Honey, mit deinem Namen musst du mir weiterhelfen, der ist nicht mehr auf meiner Festplatte. Wir kennen uns, sagst du? Es ist mir peinlich. Wir waren aber nie verlobt miteinander, oder?" „Oh mein Gott, nein! Ich bin die Susi." „Gratuliere, diese Antwort ist korrekt. Natürlich, die Susi. Der Name kommt von Sushi, nicht? Von diesen gefüllten japanischen Rollmöpsen." „Ich schätze deinen Humor, Hallodri, aber um dir weiterzuhelfen, wir sind zusammen in der gleichen Strasse aufgewachsen." Jetzt flogen blitzschnell die Schuppen von meinen Augen. Natürlich, da sitzt doch tatsächlich die Kaminfeger - Susi. Sie war schon immer ein raffiniertes Ding. Jedenfalls wusste sie immer, in jeder Situation, welche Taste man zu drücken hat. Eine verrückte Nudel. „Wie geht es dir, Susi? Erzähle, und was für ein ‚Gesöff' kann ich dir offerieren?" „Ich würde gerne ein Cola - Kirsch inhalieren, wenn du gestattest. Aber nur eins, mehr nicht, weisst du, ich will mich mässigen. Ich will ein artiges Mädchen werden." „Komm, erzähle jetzt, mein artiges Mädchen, was gibt es Neues?" Mit einem sicheren Latein antwortete sie: „Nihil novi sub sole." „Und was heisst das?" fragte ich unwissend. „Fürwahr, es gibt nichts Neues unter der Sonne. Weisst du, ich mag mein Leben nicht wie ein Fotoalbum offenbaren. Im Schnelldurchlauf: Ich bin schuldig geboren, mehrmals schuldig geschieden, momentan arbeitslos, finanziell am Ende und gegenwärtig Single." Bei jedem Satz schob sie ihren Stuhl ein wenig näher und bald schon durchströmten erotische Duftwellen mein Riechorgan. Sie war unsparsam parfümiert, wie ein Nutenarsch. In meiner Nähe angekommen, erhob sie sich und zuckte, wie eine Meduse, auf mich zu und warf ihre beiden Tentakel um meinen Körper. Ihre feuchte Zunge verschwand verlangend zwischen meinen Lippen. Im Küssen ist sie Weltmeisterin, ich war jedenfalls wehrlos und verzaubert. Dass sie in den vergangenen Stunden schon einige Kapriolen erlebt haben muss, sah ich an ihrem Hals. Nur wusste ich nicht, waren das Knutschflecken oder Würgemale. Als ihre Zunge wieder in die Freiheit gelangte, folterte sie meine Ohren mit ihrer rührseligen Biographie und ölte zwischendurch ihr Mundwerk mit immer frischem Cola - Kirsch, oder einem kalten „Bloody Mary." Perioden Mary, wie sie das Zeug unflätig nannte. „Du wolltest dich doch mässigen", wollte ich sie erinnern. Denn einige Gläser reichten, um ihre Zunge biegsam zu machen. „Ich habe mich ein bisschen gemässigt. Es ist eben eine mässige Mässigung. Weisst du, Hallodri", fuhr sie in ihren Memoiren weiter, „ich hatte schon als Kind ein riesiges Pech, weil ich in dieser kreuzfidelen und verluderten Familie aufwachsen musste. Mit einem terroristischen Vater, einer alkoholsüchtigen Mutter, einer hirnkranken Schwester und einem schwulen Hund. Meine überaus geliebte, rappelköpfige Schwester sitzt schon eine geraume Zeit in der Psychiatrie und strickt mit Stahlwolle Ritterharnische. Dreimal war ich verheiratet. Ich bin von der Ehe, weiss Gott, nicht begeistert. Allemal badete ich im Fegefeuer. Das erste Bad war von kurzer Dauer. Mein Beelzebub kam eines Tages daher und befand: Unsere Viereinhalbzimmerwohnung sei zu klein für uns beide. Einer von uns müsste gehen, am besten freiwillig. Dann bestimmte dieser dreckige Darmausgang: Ich sei Freiwilliger." „Verzeihe mir meine Verständnislosigkeit, aber warum hast du dann, nach so einem Inferno, noch zweimal geheiratet?" funkte ich dazwischen, damit sie ein wenig zum atmen kam. „Keine Ahnung, es beliebte zu geschehen. Du kennst das doch, wenn ein Süssholzstengel mit der Zeit an Saft verliert, kaust du lustlos am ausgefransten Stiel weiter, oder du schiebst dir einen neuen zwischen die Lippen. Auch die zweite Ehe war eine kurze Leidenszeit und das war auch gut so. Wenn ich sein Gesicht am Morgen sah, kam mir immer in den Sinn, dass man den Abfallsack noch entsorgen muss. Dann kam die unleidliche Geschichte mit der Vaterschafts-Sammelklage. Die Obrigkeit wollte mir keine Alimente zugestehen. Ein Moralapostel vom Amt hat mich gefragt: ‚Wer ist nun der Vater?' Ich wusste es ehrlich nicht. Wenn jemand seinen Arsch in eine Kreissäge hält, weiss man auch nicht, welcher Zacken geschnitten hat. Ich fühlte mich zu jung um zu werfen und hab dann bei einem Höhlenforscher abgetrieben. Weisst du, Hallodri, ich hatte im Freundeskreis schon einige Klugscheisser und Besserwisser. Aber ich wollte keine schleimige Unterstützung oder gescheite Ratschläge in meinem Leben. Ich wollte selber auf die Schnauze fallen, wenn es denn hätte sein müssen. Ich gelte als autonom, also willentlich nicht direkt beeinflussbar." Sie plauderte ununterbrochen. Ich hätte sie mit einer hunderttausendstel Sekunde fotografieren müssen, wenn ich ein Bild von ihr mit geschlossenem Mund besitzen wollte. Geduldig hörte ich ihr zu, wie einer Lernkassette. Meine Ohren hatten noch viel Platz. Vielleicht hatte sie ja einen tief sitzenden Charakterfehler, dass ein solcher Gedankensturm durch ihr Hirn fegte. „Wenn man schon kein Glück hat, kommt noch das Pech dazu. Von meinem Chef wurde ich unergründlich von der Lohnliste gestrichen und auf die Strasse gesetzt. Glaub mir, Hallodri, mit der Arbeitslosigkeit gerät man in ein furchtbares Fahrwasser. Es kamen enorme Schulden auf mich zu, so dass ich nachts nicht mehr schlafen konnte, also schlief ich am Tag. Dadurch konnte ich aber, verständlicherweise, tagsüber keine neue Arbeitsstelle suchen, weil ich ja schlief." Nach einigen Sätzen nippte sie periodisch kurz an ihrem „Gesöff" oder drückte ihre Zunge ungefragt in die Nähe meiner Mandeln. „Jetzt gehe ich nicht mehr stur einer Arbeit nach, sondern mache alles, was auf mich zukommt. Ich bin einfach froh, wenn etwas Mammon in die Kasse kommt. Einfach ein bisschen Geld bar auf die Krallen. Im Restaurant und Hotel ‚Mama' strecke ich wieder meine Beine unter den Tisch oder lege mich flach." Nun war mein Lebenslauf gefragt. Die Wissensdurstige löcherte mich mit Fragen. „Ich habe gehört, du arbeitest auf der ganzen Welt, soll ich das glauben?" „Steht dir frei. Doch wenn man jemandem nicht glaubt oder nicht vertraut, Susi, sollte man ihn auch nichts fragen. Ja, doch, die Welt ist mein Arbeitsplatz und das ist toll so. Irgendwer sagte einmal: Die Welt ist ein Buch. Wer nie reist, sieht nur eine Seite davon. Ich glaube, es war Augustinus." Nebst ihrem lauten Schlürfen und dem gierigen Küssen kam urplötzlich eine dritte Unart dazu. Hemmungslos kratzte sich das artige Mädchen zwischen den Schenkeln. Von meinen beobachtenden Augen ertappt, meinte sie trocken: „Immer mehr Frauen rasieren sich die Scham. Übrigens, wenn du in der Welt umher gondelst, bist du deiner Frau treu?" „Ja, sehr oft", wich ich dieser Frage aus und rechtfertigte mich: „Weisst du, ich war stets ein Angsthase. Immer, wenn meine Frau nicht zu Hause ist, schlaf ich bei der Nachbarin. Solche Angstzustände habe ich überall, du weisst ja, Dämonen und ähnlicher Spuk können extrem gefährlich sein." „Ha, ha, Ulknudel. Hast du Kinder?" löcherte sie weiter. „Ja, natürlich, verstreut auf der ganzen Welt. Ich bezahle momentan Alimente in acht verschiedenen Währungen. Spass beiseite, komm, wir besprechen tiefgründigere Themen. Wir sind schliesslich nicht zum Vergnügen hier, sondern um ernsthaft die Wiedergeburt einer verschollen geglaubten Freundschaft wieder aufleben zu lassen." Ich erzählte ihr einige kaum salonfähige Witze. Je makaberer und schmieriger und schweinischer sie waren, umso mehr Erfolg hatte ich bei ihr. Die Stimmung wuchs und wir lachten uns kringelig. Ihre Hände wurden immer forscher und berührten Stellen, die zumindest bei Pastoren, oder dergleichen, tabu sein sollten. „Komm, wir machen etwas Ungezogenes. Dass ich mit Freunden gern mal etwas

Verrücktes mache, ist an sich nichts Neues. Für mich ist Spasshaben ein Muss. Jedenfalls schwöre ich: Nie wieder Jungfrau! Man muss ein Rad ab haben, um solches rückgängig machen zu wollen. Ich möchte nicht verzaubert oder was auch immer werden, sondern Taten spüren. Bärenstarke Taten", schwärmte sie. Mir leuchtete ein, Versuchungen sollte man nachgeben, man weiss nie, ob sie wiederkommen. Je länger sie erzählte, umso enger wurde meine Hose an einer gewissen Stelle. Welche Stelle ich anspreche, brauche ich nicht speziell zu erörtern. Jeder, und hier spreche ich hauptsächlich die Männer an, der schon in der gleichen oder in einer ähnlichen Situation war, kennt sie. Um ganz ehrlich zu sein, ich habe früher oftmals von ihr geträumt. Es war schockierend schön, wie obszön und schamlos sie sich in diesen Träumen benahm. Was sie alles mit mir trieb und was sie alles von mir verlangte, war wahrlich Spitze. Sexuell kennt sie, wie die Träume bewiesen, keine Tabus. Nun da ich dieser Traumfrau gegenübersass und die damaligen Träume wieder in Erinnerung kamen, schaute ich sie natürlich mit anderen Augen an. Meine Mieze hat dies auch bemerkt, sie schwärmte: „Deine Augen sehen aus wie Nachttischlämpchen." Inzwischen sind auch meine Hände unruhiger geworden. Es war ein gutes Gefühl, so wohlgeformte Beine zu befummeln. Dass auch die schönsten Beine irgendwo zu Ende sind, war meinen Händen egal. Ich meine nicht diese Enden, wo die Füsse dran hängen. Dass eine Hand direkt zwischen ihren pressenden Schenkeln stecken blieb, war, so glaube ich wenigstens, nur ein fieser Zufall. Mit der anderen Hand tätschelte ich ihre Schenkel und was es sonst noch an ihr zu tätscheln gab und kratzte ihr mit meinen Krallen, ungewollt, eine Laufmasche in ihre schwarzen Nylonstrümpfe. „Wir könnten zu mir gehen, Hallodri. Wenn wir Mama eine Flasche Schnaps mitbringen, ist die Türe offen und sie ist zufrieden wie ein Baby, das an der Titte hängt." Mindestens diese letzten Sätze drangen meiner inzwischen neben mir sitzenden Frau in die gespitzten Ohren. Ihre Augen fixierten meine noch immer zwischen den Schenkeln eingeklemmte Hand. Die willige Susi hing wie ein Magnet an mir und direkt neben uns hatte sich meine Frau auf einem Barmöbel installiert. Ich war wie schockgefroren. Aschfahl, mit erloschener Libido wie ein Kastrat, hing ich im Stuhl. Nur mein Magnet sicherte tapfer den drohenden Absturz vom Hocker. Die Mimik meiner Frau verriet mir, dass sie den weit fortgeschrittenen Flirt zweifellos realisiert hat und entschlossen war, einzugreifen, um das immer noch wild ineinander verschlungene „Kuddelmuddel" aufzulösen. „Junges Fräulein, mit diesem Wesen, das Sie so fest umklammern, teile ich seit Jahren Bett und Herd, pflege seinen lädierten Körper und die alternden Organe. Ich habe gehört, ihr plant einen mehrstündigen Ausflug unter die gleiche Bettdecke. Da hätte ich allerdings eine Bitte: Geht doch kurz in unserer Wohnung vorbei, ich habe einen Nierenwärmer und ein neues Rheumaleibchen bereitgelegt. Auch die sauberen, wollenen Unterhosen gegen die chronische Blasenentzündung liegen dort. Die Slipeinlagen wegen seiner Inkontinenz liegen ebenfalls im Schlafzimmer. Wissen Sie, meine Süsse, er hat ein ständiges Nachtropfen. Ich wäre auch froh, wenn Sie die Salbe für seine schwarzen Thrombosenbeine gut einmassieren würden und bitte nicht vergessen, seine schmerzenden Hämorrhoiden vorsichtig einzucremen. Die Salben liegen auf seinem Nachttisch bereit, auch die Zäpfchen gegen den unkontrollierbaren Durchfall.

Die Viagra – Tabletten sind ebenfalls dort. Du weisst selber, mein kleiner Haudegen, ohne läuft bei dir nichts. Aber sonst ist mein kleiner Pimpelhans, wenn auch beschränkt, brauchbar." Ich schnappte nach Luft. Mensch, war das eine bitterböse und hinterlistige Rache. Ich bemerkte, trotz meiner Verzweiflung, dass der Stuhl, auf dem meine Frau sass, inzwischen näher bei mir stand als derjenige von Susi. Die aufdringlichen Tentakel, die meinen Körper so wohltuend erforschten, waren jetzt eindeutig zu kurz, um mich aus dieser Distanz zu erlangen. Nach dieser unerhörten Kritelei von meiner Frau erlaubte ich mir immerhin eine leichte Empörung. Ich fühlte auch, der sorgfältig aufgebaute Flirt mit Susi war nun futsch. Ich tat mir selbst leid, ein bisschen später bezog ich auch Susi in mein Mitgefühl ein. „So, nun lasse ich euch zwei Turteltäubchen wieder allein", flüsterte uns die Amazone zu. Ein entschlossenes, vernichtendes Feuer in ihren Augen erinnerte mich an Inferno, an Vorhölle, ja sogar an Krematorium. Jetzt empfand ich ihre Schelte geradeso, als erlebe sie mein leichtfertiges Treiben mit den Augen meines Schutzengels und sei entschlossen, mit dem Schwert des Erzengels Gabriel meine Treue zu verteidigen. Sie bewahrte mich vermutlich vor Geschehnissen, die meinem Seelenfrieden hinterher abträglich gewesen wären. „Ich komme mit", trotzte ich. Was blieb mir denn für eine andere Wahl? „Bist du sicher", lächelte sie in meine Augen. „Sicher bin ich sicher. Alea iacta est. (Der Würfel ist geworfen, die Entscheidung ist gefallen.) Ich wollte schnell weg, bevor ein Krieg unter Gleichgeschlechtlichen begann. Ich trottete ihr nach, wie ein geprügelter Hund. Sie war dann auf dem Trott sehr kurz zu mir, aber ein bisschen Abseits benahm sie sich unerwartet wie eine Himmelsbotin. „Hast du noch etwas zu sagen, oder willst du dein Herz bei mir ausschütten, oder verlangt dein Gewissen gar eine Absolution?" appellierte meine Herzdame an mein Schuldgefühl. Ich senkte meinen Kopf und schwieg. Zur rechten Zeit zu schweigen ist ein Zeichen von Weisheit und oft besser als jede Rede. Amen.

Heiligabend

Im Advent besuchte uns, wie jedes Jahr,
vom Ötztal eine Kinderschar.
Wir sangen Weihnachtslieder unterm Baum
und Weihrauchduft drang durch den Raum.

Aus den Kinderaugen strahlte eine Herzlichkeit,
man freut' sich auf die Weihnachtszeit.
Engelsglocken und lodernde Kerzen
verzauberten all die Kinderherzen.

Ein Mädchen wollte von mir wissen:
Warum wir Weihnacht feiern müssen?
,,Was geschah in Bethlehem, in diesem Stall,
am Heiligabend, dazumal?"

,,Gott, der unsre Wege lenkt,
hat uns Jesus, seinen Sohn, geschenkt.
An diesem Tag ist er zur Welt gekommen
und hat Sünd' und Schuld auf sich genommen.
Weil er uns liebt und hoffen lässt,
feiern dankbar wir sein Wiegenfest.

Am Heiligabend in der Früh
weckt' mich eine Melodie.
Vielstimmig wie ein Engelschor
drangen Kinderstimmen an mein Ohr.
Vor dem Jesusbild sang die Schar ihm zu:
,,Happy birthday, lieber Jesus, happy birthday to you."

Es geht mir gut

Dein Mundwerk war schon immer rege,
es hat bei Freunden mich vergällt.
Du Lästermaul und Nervensäge
hast die grössten Märchen 'rumerzählt.

Ich sei immer schmutzig angezogen.
Hätt' Dir weinend telefoniert.
Dich dauernd brühwarm angelogen
und Dich beschämend denunziert.

Auf den Knien käme ich angekrochen,
bettelnd wie ein zahmer Hund.
Ich hätt' kaum Fleisch mehr auf den Knochen
und saufe langsam mich zu Grund.

Mein Gott, ich find' mich schon zurecht.
Hab Dich nie sehr vermisst.
Mein Leben verläuft gewiss nicht schlecht,
auch wenn Du nicht mehr bei mir bist.

Seitdem Du mich verlassen
schwamm ich niemals wehrlos in der Flut.
Ich hab mich nimmer gehen lassen.
Sieh mich an, es geht mir gut.

Zürich so schön

Eine Wanderung am Limmatpfad,
'ne Blustfahrt mit dem Tandemrad
und am Katzensee ein Sonnenbad.
Durch den botanisch Garten geh'n.
Zürich, du bist im Frühling so schön.

Auf dem Waidbergweg spazieren.
An der Bahnhofstrasse promenieren.
Am Utoquai flanieren,
wenn vom See die lauen Winde weh'n.
Zürich, du bist im Sommer so schön.

Am Mythenquai ein Parkrundgang.
Ein Streifzug durch den Üetlihang.
Schlendern an der Sihl entlang,
wo all die bunten Bäume steh'n.
Zürich, im Herbst bist du schön.

Es jauchzt mein Herz, wenn ich im Schnee
am Grat entlang zum Albis geh'
und die weisse Stadt von oben seh'.
Im Osten strahlen zuckerweiss die Glarner Höh'n.
Zürich, du bist im Winter so schön.

Adoption

Es war eine männliche, wohlernährte, fassförmige Person mit einer übergrossen, schwarzrandigen Hornbrille, die uns in ihrem Büro empfing. Oder besser gesagt: nicht empfing. Vor zehn Minuten winkte uns ihre Sekretärin wortlos auf die zwei unbesetzten Stühle an ihrem tadellos aufgeräumten Schreibtisch. Ihr haarloser Gupf strahlte unter dem Neon wie eine polierte Strumpfkugel, die man zum Sockenstopfen verwendet. Ohne ein „Hallo" oder „Guten Tag" liessen uns die beiden in einer unerzogenen Art warten. Viel Zeit also für mich und meine Frau, Eindrücke zu sammeln und unsere vier Augen schweifen zu lassen. Ernst, grimmig und regungslos starrte der Hornbrillenbesitzer auf ein weisses A4 – Blatt. Zum Lachen steigt er wohl in den Keller, liess er mich vermuten. Seine Brillengläser waren wie Lupen und vergrösserten seine Augen um ein Vielfaches. Wegen seinem enormen Silberblick konnte ich von meinem Platz aus jedoch nur das Weisse in seinen Augen erspähen, wie bei einer durchgeknallten Sicherung. Weniger aufgeräumt war es am anderen Tisch, bei der Sekretärin. Ihr Pult sah aus, als hätten Wühlmäuse darauf gewütet. Dafür sass sie da, beinahe barfuss bis zum Hals. Ein solides Aufputschmittel für gelangweilte Männeraugen. Nur ihr kleiner Finger im Nasenloch wirkte störend. Ich vermutete, sie hing im Büro nur als Dekoration herum. Sie hatte nichts zu tun, sass nur da und wickelte Haarsträhnen um ihren Finger. Vielleicht würde ich das an ihrer Stelle ja auch tun, nahm ich sie in Schutz. „Frau Burger, Herr Burger, Ihr seid heute in mein Büro gekommen, um ein erstes informatives Gespräch zu führen wegen Euerm Wunsch, ein Kind zu adoptieren. Mein Name ist Ochabe, ich habe Ihr Gesuch und Ihre Bittschrift bearbeitet und bin für den weiteren Verlauf zuständig", fing plötzlich und unverhofft der Scheintote an mit uns zu sprechen. „Ihr habt Euch in Euerm Brief zu Recht beklagt, dass Ihr zu uns gekommen seid, weil Ihr bei offiziellen staatlichen Adoptionsstellen in Euerm Land auf unzumutbare Hinhaltung und Trödelei gestossen seid. Ich kenne das, und ob ich das kenne, liebe Familie Burger, ich habe einen Doktortitel darin. Beim Kampf mit solchen Amtsstellen werden Sie zu tauben Ohren predigen. Wenn Sie mich kennen würden, wüssten Sie, dass ich die Wahrheit spreche. Natürlich seid Ihr nicht verpflichtet, mich zu kennen, aber ich kenne mich und meine seriöse Arbeitsweise. Ich werde Ihnen weitere Nachteile dieser Stellen und die vielen Vorteile von unserem Büro aufzählen. Ich werde Sie auf einige verständnislose Punkte aufmerksam machen, die in Ihrem Land gemacht werden, oder eben nicht gemacht werden. Sie werden feststellen, bei uns läuft alles schneller, reibungsloser und unbürokratischer. Ich wäre froh, wenn Sie sich bei meinem expliziten Referat Notizen machen würden. Wir haben am Schluss genügend Zeit, um alle Punkte ausführlich zu diskutieren und zu beantworten. In Eurem Land wird man Euch zu einer psychiatrischen Untersuchung aufbieten können, wenn die zuständige Amtsstelle dies für erforderlich hält. Bei uns ist jeder erwachsene und einigermassen geistig gesunde Mensch entscheidungsfähig. Wissen Sie, dass bei Ihnen zu Hause ein Fragebogen mit heiklen und teils peinlichen Fragen beantwortet werden muss? Ich habe hier ein solches Exemplar. Der „Schmetter", der darin steht, ist schlicht eine Zumutung. Da steht zum Beispiel: Sind Sie unfruchtbar? Oder trotz Heirat sexuell gleichgeschlechtlich orientiert? Bei uns gilt: auch kranke, unfruchtbare oder homosexuelle Paare können gute Eltern werden. Bleiben Sie ehrlich, sind Sie in Ihrem Land korrekt und realistisch informiert worden über Ihre Chancen, die Wartezeit und Risiken einer Adoption? Hat man wirklich für Sie Zeit genommen? Ein Adoptionsablauf ist bei diesen Amtsstellen langwierig. Man braucht einen langen Atem. Ohne Beziehung oder ohne einen Prominentenbonus erschwert sich ein Abschluss enorm. Wie ich aus Ihren Unterlagen entnommen habe, haben Sie bereits ein Kind. Man wird Sie fragen: Ist dieses Kind ebenfalls adoptiert? Wenn nein, warum erzeugen Sie ein weiteres nicht selbst? Ob adoptiert oder nicht, dies kann ich Ihnen jetzt schon sagen, mit einem eigenen Kind erschwert sich eine Adoption in Europa erheblich. Man kann diese Erschwernisse bei uns mit einer Sondertaxe umgehen, was für Sie natürlich einen immensen Vorteil bringt. Wir sind eine private Beratungs- und Vermittlungsagentur mit weltweiten Kontakten und Verbindungen und versuchen sinnlose Machenschaften von vornherein auszuschliessen. Wir liefern gegen einen bescheidenen Aufpreis nicht nur an kinderlose Paare. Dazu natürlich auch jegliche erhofften Papiere nach Ihren Wünschen und nach unserem Ermessen. Von der Anmeldung bis zur Adoption vergehen in der Regel mehrere Jahre. Auch hierfür bieten wir unserer Kundschaft eine zweifellos lohnende Beschleunigungstaxe an. Auf Grund Ihrer persönlichen, gesundheitlichen, familiären, sozialen, erzieherischen und materiellen Situation müssen Sie in Europa Gewähr bieten für eine langfristige gute Betreuung, Unterhalt und Ausbildung des Adoptivkindes. Sie müssen in der Lage und bereit sein, dieses Kind wie ein eigenes anzunehmen und in seiner Entwicklung zu fördern und zu unterstützen. Sie müssen mindestens 5 Jahre verheiratet oder beide mindestens 35 Jahre alt sein. Sie sollten mindestens 16 Jahre älter als das Kind sein. Dies müsst Ihr alles akzeptieren und mit Euren eigenen Unterschriften beglaubigen. Sie könnten aber ungewollt und unschuldig in finanzielle Nöte geraten, sei es durch Unfall, Krankheit oder Wirtschaftskrise. Man würde Euch belangen und Euch, bezüglich Euren Unterschriften, zur Rechenschaft ziehen. Bei uns müssen Sie keinen solchen „Schmetter" unterzeichnen und keinen Eid ablegen. Wir fragen nicht darnach, es kommt sowieso alles, wie es kommen muss. Wie bereits erwähnt, erscheint es den Behörden in Ihrem Land angemessen, bei der geringen Zahl an zur Adoption freigegebenen Kindern ungewollt kinderlose Paare gegenüber Familien mit einem oder mehreren eigenen Kindern vorzuziehen. Mit dem Einbezug von Paaren mit eigenen Kindern würde der behördliche Abklärungsaufwand beträchtlich ansteigen und zugleich würden sich die Chancen für das einzelne Paar weiter verschlechtern, wird argumentiert. Wahrscheinlich haben Sie schon davon gehört oder darüber gelesen, dass in den letzten Jahren die Zahl der zur Adoption freigegebenen Kinder stark abgenommen hat. Dieser abnehmenden Zahl steht eine wachsende Zahl von kinderlosen, adoptionswilligen Paaren gegenüber. Aus diesem Grund können diese Adoptionsstellen in Ihrem Land keinem bei ihnen angemeldeten Paar garantieren, dass es eines Tages ein Adoptivkind aufnehmen kann. Wir können diese Garantie bedenkenlos offerieren. Wie ebenfalls bereits erwähnt, und da sind Sie mit einem eigenen Kind angesprochen, kann man bei uns mit einem finanziellen Zuschlag schon enorm viel erreichen. Vielleicht liebäugeln Sie nun, in Anbetracht der strengen europäischen Auflagen und unseren monetären Forderungen, direkt und auf eigene Faust ein Kind aus einem Drittland zu adoptieren. Dazu sei folgendes gesagt: Wer ohne die erforderliche behördliche Bewilligung ein Kind aus einem Drittland zur späteren Adoption in Europa aufnimmt, macht sich strafbar. Denn die zentrale Behörde überprüft und verfügt in einem Matching – Entscheid, ob das vorgeschlagene Kind für eine Platzierung bei den Gesuchstellenden geeignet ist. Die Ergebnisse werden in einem Sozialbericht festgehalten. Unsere Organisation ist dafür da, alles ein wenig zu beschleunigen und zu vereinfachen. Wir haben Beziehungen und hervorragende Kanäle nach Europa, Südamerika, Afrika und Asien. Wir liefern weisse, schwarze, rote und gelbe Kinder in Ihr Heimatland mit den dazu benötigenden Papieren. So gesehen sind unsere Kinder auch wesentlich günstiger und ganz gewiss wohlfeil. Dass Sie bei einem Adoptionsversuch bei einer kriminellen Kinderverschiebungsbande in einem fremden Land möglicherweise finanziell ausgeplündert werden, ist noch nicht einmal das Schlimmste. Viel schlimmer ist, dass Sie nicht wissen, woher das Kind kommt. War es wirklich verlassen? Oder wurde es seinen Eltern abgeschwätzt oder abgekauft für einen Bruchteil des Preises, den Sie bezahlen sollten? Hat man es womöglich entführt, oder wurde es geraubt? Wir wissen, dass Listen von Kindern existieren, wo die Schönheit und der Gesundheitszustand den Preis bestimmen. Doch die Qualität eines Kindes ist nicht an der Höhe der Vermittlungsgebühr gewährleistet. Sie tun mit solch einem Adoptionsversuch auf eigene Faust weder sich noch dem Kind einen Gefallen. Denn sicher hat dieses Kind schon einen, wenn nicht sogar mehrere Beziehungsabbrüche hinter sich.

Es werden Verträge mit Rückgaberecht oder Umtausch angeboten, dies ist für mich haarsträubend", wetterte der Glatzkopf. Was sich allerdings beim Kahlen noch sträuben kann, ist unklar. „Sie wissen auch nicht", fuhr er mit seiner ungeschlachten Faselei weiter, „hat Ihr Kind Hunger erlebt, Vernachlässigung, Gewalt und Missbrauch. Das sind Probleme, mit denen sich nicht nur das Kind, sondern auch seine Adoptiveltern möglicherweise über viele, viele Jahre werden auseinandersetzen müssen. Bei uns sind Sie in besten Händen, wir vermitteln nur Erstklasskinder mit Herkunftszertifikat und medizinisch durchgecheckt. Auch kleine Krankheiten wie Vitaminmangel, Würmer, Flöhe oder Pilze werden von unseren privaten Ärzten zuvor behandelt, so dass Sie auch ein stubenreines Kind in Empfang nehmen. Wir lassen uns keine Kinder von verlottertem, fremdem Hudel andrehen. Wir machen aber darauf aufmerksam, sollten Sie sich für ein andersfarbiges Kind entscheiden, so muss unbedingt in Betracht gezogen werden: Adoptiveltern und deren Adoptivkinder aus fremden Ländern werden mit rassistischen Bemerkungen konfrontiert. Bei weissen ist es durchaus angebracht, das Kind aufzuklären, dass es nicht in Ihrem Bauch gewachsen ist. Hat das Kind eine andere Hautfarbe, so erübrigt sich eine solche Aufklärung. Sagen Sie dem Kind aber auf jeden Fall, dass die Elternteile tot sind und die Gräber aufgehoben. Mit dieser sinnvollen Notlüge haben wir die besten Erfahrungen gemacht. Sie ersparen sich so unnötige jahrelange Fragerei. Zeigen Sie ihm eines in den Ferien geknipstes Foto von einem Grab und behaupten, dies sei das Grab von Vati und Muti gewesen. Nun zu etwas Gravierendem: Ihr schreibt in den Unterlagen, dass Ihr gerne ein Invalidenkind hättet. Weil Sie, so fasse ich es auf, einem behinderten Wesen eine Chance geben wollen, um es aus seiner Drangsal zu befreien. Warum wollen Sie sich mit wenigerem bescheiden? Ich habe diese Unterlagen in Ihrem Interesse ,gekübelt'. Sie sollten sich der Folgen einer falschen Entscheidung bewusst sein. Entscheiden Sie sich für ein Kind aus einem Entwicklungsland, na ja, dort sind die meisten irgendwie behindert. Auf jeden Fall aber nicht absolut gesund, trotz seriösen ärztlichen Gesundheitschecks. Ich meine zum Beispiel auch geistige Mängel. In dem Fall bekämen Sie ja das Gewünschte. Bei sichtbaren Mängeln wird allerdings Ihr Staat kaum Freude daran haben, wenn Sie ein IV – Kind importieren. In Europa werden zudem an Paare, die ein schwerkrankes oder behindertes Kind adoptieren, zusätzliche Anforderungen gestellt. Auf jeden Fall eine breitere finanzielle Absicherung. Eure christliche Gesinnung in Ehren, dass auch Zweitklasskinder ein Recht auf ein anständiges Leben haben sollten. Euer Land wird das anders beurteilen. Da gelten andere Rechte. Und Recht, liebe Familie Burger, ist nicht immer dasselbe wie Gerechtigkeit. Ist es nicht unüberlegt, ein verkrüppeltes Kind zu adoptieren? Ich glaube, nach einem von Ihnen überlegten Entschluss werden Sie mir beipflichten. Bedenken Sie, dass Sie zeitlebens das Kind umsorgen müssen, dass das Kind immer von Ihnen abhängig sein wird. Und sollten Sie beide ableben, landet dieses Wesen in einem von den Steuerzahlern finanzierten Heim. Wissen Sie, wir von den privaten Kindervermittlungen ausserhalb Europas vermögen solches Gedankengut schwer nachzuvollziehen, weil wir ständig mit Negativem konfrontiert werden. Es gibt, weiss Gott, auch in unserem Land zahlreiche Missgestalten, die auf eine Adoption warten. Wer will die schon? Wir sind dankbar, bleiben die meisten in den Heimen hängen. So ersparen sie uns Komplikationen und unflätige Reklamationen. Um ganz ehrlich zu sein, bei uns wird ein Kind von einer verzichtenden Mutter zur Abtreibung empfohlen, bei dem in der Schwangerschaft eine Behinderung vermutet wird. Es ist also absoluter Quatsch, ein IV – Kind zu adoptieren, um sein eigenes Leben kaputt zu machen, nur wegen einer religiösen Ideologie. Man kauft ja auch kein Unfallauto, wenn man für den gleichen Preis ein neues bekommen kann. Es gibt arme, gesunde Kinder, die endlich an die volle Krippe wollen. Frau und Herr Burger, Ihr habt keine Ahnung, was auf Euch zukommt, wenn Ihr ein behindertes Kind adoptiert. Ein solches bringt Arbeit und wird sicher nicht dieselbe Freude bereiten wie ein gesundes Kind. Man kann doch unmöglich Freude haben an so einem Bremsklotz. Es wird ausgelacht und man muss sich ständig genieren und schämen. Von den finanziellen, enormen Auslagen und Investitionen möchte ich gar nicht reden. Was Sie jetzt euphorisch verteidigen, werden Sie, wenn Ihnen die Augen aufgegangen sind, verfluchen“, endete sein bigotter Sermon. Er erhob sich mit gefalteten Händen, als wäre er ein Prophet und sein gespieltes und vermeintlich intelligentes Gehabe verriet, dass er wahrlich mit Natan dem Weisen verglichen werden wollte. Seine mit Pflegemitteln eingeölte Vollglatze spiegelte unter dem Neonlicht, als trüge er einen Heiligenschein. Ich war geschockt von dem Gesagten. Seine stolze Haltung provozierte Edelsinn und Erhabenheit. Zweifelsohne sah er sich als intellektuelles Sprachrohr der Weltverbesserer und einmalig Begnadeter unter dem Himmelsgewölbe. Was er von sich sicher auch behauptet, aber eigentlich nicht behaupten dürfte. Meine Frau fing sich als erste, gab sich einen Ruck und korrigierte: „Herr Ochabe, wir haben uns für ein behindertes Kind entschlossen, um speziell so einem Geschöpf, das niemand will, eine Chance zu geben. Vor allem aber Liebe und ein Zuhause. Mit Sicherheit wissen wir, was auf uns zukommt. Unser eigenes Kind ist ein geistig und körperlich behindertes Kind, das uns aber sehr viel Freude bereitet. Wir wussten schon in der Schwangerschaft, dass es schwer behindert sein wird. Wir haben den Kopf zum Himmel erhoben und haben ‚Ja' gesagt. Der Herr schmiedet nie wertloses Leben. Glauben Sie mir, Herr Ochabe, der Allmächtige hat unsere Familie durch ein schwaches, behindertes Kind doch schon mit soviel Ergiebigkeit beschert. Mit den Notleidenden und Hilfsbedürftigen prüft er uns und schafft uns ein Übungsfeld der Nächstenliebe. Summa summarum: Es wäre schön, wenn bei allen Menschen mehr als nur Blut durch das Herz fliessen würde."

Gedanken

Nach einem Ehestreit schleiche ich nachts aus dem Haus und trete mit dem Schuh gegen ihr Auto. Einmal, als ich allein zu Hause war, warf ich ihr teures Kleid aus dem Fenster und habe es eine ganze Stunde unten liegen lassen. Wehren kann ich mich schon.

Der Zürichseetunnel für eine perfekte Ost – Umfahrung wird nicht gebaut. Politiker befürchten, dass sich die Fische am Kopf verletzen könnten, wenn sie gegen die Röhre stossen.

Reden ist Silber, schweigen ist Gold. Durch meine Auslandtätigkeit lernte ich in vielen Sprachen schweigen.

Mein italienischer Freund verstarb in Neapel eines natürlichen Todes. Er wurde erschossen.

Vom Reden lernst Du nichts, denn das ist Dein jetziges Wissen. Vom Hören aber lernst Du, das ist Dein kommendes Wissen.

Die Nacht ist dunkel, man sieht sie kaum.

Die Lebensuhr

Auf dem Heimweg stiess ich neulich
an einen Verkehrsunfall.
Das Bild, es war so gräulich,
es lebten nicht mehr all.

Der eine überholte,
der andre fuhr korrekt.
Wie das Schicksal es so wollte,
der Unfall war perfekt.

Die Polizei war am Notieren,
schrieb auf, wieso, warum?
Ich sah Gaffer diskutieren,
nur zwei, die blieben stumm.

Ich konnt' das Arge nicht ertragen,
entfernte mich vom Ort.
Doch quälen mich nun Fragen,
ich bring sie nicht mehr fort.

Die Zeit, in der wir leben,
ist sie nicht vorbestimmt?
Dann müsst' es Den wohl geben,
der uns am Ärmel nimmt.

„Nein, nein, das sei der Zufall,
er bestimmt den Todestag.
Meine Gedanken seien zu banal",
wissen jene, die ich frag.

Ist der Zufall wirklich so gewaltig,
dass er zu jeder Zeit
so jäh und mannigfaltig
das Los an uns verteilt?

Wie ist das denn bei Kranken,
bei Totschlag, Selbstmord oder so,
– verzeiht mir die Gedanken –
wo ist hier der Zufall, wo?

Im hohen Alter, an der Wende,
wenn das letzte Stündchen naht
und der Zeiger steht am Ende,
ist man innerlich parat.

Anders ist's jedoch bei Jungen
wie bei diesem Unglücksfall.
Ist hier der Zeiger nicht gesprungen,
bis zu der zwölfer Zahl?

Der Zeiger stand doch erst bei sieben,
von hinnen geh'n sie doch.
Die Fragen sind geblieben.
Wo bleibt der Vorrat noch?

Es gäb', weiss Gott, noch Fragen.
Die eine vielleicht nur:
Genau zu dieser Stunde,
wer drehte an der Uhr?

Einer unter Euch

Ein Taschentuch und ein paar Franken
war mein ganzes Hab und Gut.
Ich sass bei denen, die viel tranken,
bei der aussätzigen Brut.

Überall, wo ich mich zeigte,
sagte man mir einfach „Du",
weil ich mich nie beim Hut verneigte,
nahm man sich das Recht dazu.

Ich hab gekämpft mit mir und wie,
bin eine Stufe hochgestiegen,
nun sagen alle wieder „Sie",
doch die Wunden sind geblieben.

Ein Teil von der Natur

Ich höre noch die Vögel singen
in ihrer heilen Welt.
Dieses heiterfröhliche Erklingen
ist's, was mir doch so gefällt.

Ich sehe noch die Blumen blühen
auf den Wiesen, bunt und schön.
Ich sehe noch das Alpenglühen,
was viele nicht mehr seh'n.

Ich riech den mannigfaltig' Duft,
den die Natur uns reich beschert.
Ich atme gern noch frische Luft,
die mein Körper so begehrt.

Ich spüre Zärtlichkeiten noch
und lieb den stillen Ort.
Ich spüre auch die Wärme noch
aus jedem lieben Wort.

Ich bin ein Mensch geblieben,
Gottes Kreatur,
kann mich freuen, kann noch lieben,
ich bin ein Teil von der Natur.

Buschparty im Urwald

Das erste Mal begegnete ich dem Sonderling in Afrika, als er mit Flossen an den Füssen, Taucherbrille am Kopf und einem Schnorchel im Mund durch den vollbesetzten Frühstücksraum zum Pool watschelte. Bei der zweiten Begegnung lag er in der Grünanlage des Hotels. Ich fand ihn zwischen Blumen und Sukkulenten, voll wie ein betriebsbereiter Feuerwehrschlauch. Bei der dritten Begegnung wurde er mir vom Architekten und vom zukünftigen Fabrikdirektor als versierter Afrikakenner vorgestellt, der eigens von Soundso geholt worden war und er wurde mir zur Seite gestellt. Sein bester Freund, der Barkeeper, behauptete, dass der Kärntner aus dem Walzerland in den Monaten, die er bereits hier arbeitete, noch nie das Meer gesehen hatte. Sein Freund hätte es noch nie bis zum Ozean geschafft. Die Füsse trugen ihn, nach den Alkoholexzessen, nicht mehr die 300 m durch den anstrengenden Sand. Die schon früher eingetroffenen Europäer nannten ihn bereits „Schmalzdackel". Dies, weil er sein kurzes, blondes Haar so üppig mit Pomade ölte, damit seine chaotische Igelfrisur keinen Schaden erleidet. Die Schmiere lief ihm, bei diesen hohen Temperaturen, von der Stirn zu allen anderen Körperteilen, was ihn jedoch nicht sonderlich zu stören schien. Er war überdurchschnittlich intelligent und ein wirklicher Afrikakenner, der schon jahrelang durch den schwarzen Kontinent kreuzte und auch einige Eingeborenensprachen beherrschte. Zudem ist er ein passionierter Anhänger der Misogamie. Wir zwei waren ein gutes Team, teilten auch den Büroraum und bald schon war nicht nur der Barkeeper sein Freund. Ich war in dem Bund der Dritte.

An einem heiligen Wochenende, – ich wusste nicht exakt,

was gefeiert wurde, war es 5000 Jahre aufrechtes Gehen oder 10 Jahre warmes Wasser im Land? – luden uns die afrikanischen Hilfskräfte zu ihnen nach Hause in den Kral ein. Ein afrikanischer Fahrer fuhr meinen neuen Freund und mich die kurze Strecke zu den Vorläufern vom Atakora – Gebirge und parkierte das Gefährt da, wo die Strasse endgültig aufhörte. Von nun an ging's zu Fuss durch den dichten Urwald. Der ortskundige Chauffeur lief mit einer Machete vor uns und schlug eine schmale Schneise ins Dickicht. Es war früh am Morgen und noch dunkel. Nur der Mond und ein schwacher Taschenlampenstrahl liessen ein mühsames Vorwärtskommen zu. Eine beängstigende Stille umhüllte uns, nur das friedliche Schnarchen der sonst so putzfidelen Palmhörnchen war zu hören. Die Stille im Wald erinnert mich immer an Kirchen. Nach kurzer Marschzeit waren meine Hosen zerfetzt wie nach einem Raubtierangriff. Es störte niemanden und ich nehme nicht an, dass die Tiere danach fragen, was ich anhabe. Es war schwül und bald schon „pflotschte" das Käsewasser in den Stiefeln unseres Führers, der vor uns herlief. Immer weiter ging es durch wildes Rankengewächs, Lianengestrüpp, durch Dornenstauden und weiss der Geier noch was. Mein Kärntner Arbeitsfreund stresste den Wegkundigen gewaltig. Nervös, ohne eine Minute verlieren zu wollen, nötigte er diesen, schneller zu gehen. Er konnte nichts dafür, es war sein Naturell. Aber ein guter Teil seiner Ruhelosigkeit dürfte auch darin begründet sein, dass er keine Neigung verspürte, sich der afrikanischen Zeit anzupassen. Hier kreisen die Zeiger langsamer. Darum ist vieles hier wie bei uns in der guten, alten Zeit, der wir ständig nachtrauern. Plötzlich tat sich der Urwald auf und wir standen in einer grossen Lichtung. Unsere Augen schauten auf unzählige Lehmhäuser mit Strohdach und in einem Steinkreis brannte ein Feuer. Erst kläffte ein Hund, dann zwei. Das Gebell fiel aber, bei dem Geschnatter der Eingeborenen, nicht sonderlich auf. Es gab nirgends im Dorf Elektrizität. Die Hochspannungsdrähte wurden noch nicht bis hierher gezogen. Im Kral wird mit Kerzen, Öllampen, Batterieradios, Taschenlampen und offenen Feuerstellen hantiert. Einmal im Jahr, wenn der Monsun wütet, haben alle für längere Zeit fliessend kalt Wasser im Haus. Uralte, vergammelte und zerrissene Wahlplakate hingen noch an einigen Bäumen. Die Abgebildeten sind sicher schon unter der Erde, so verrottet wie ihr Aushang. Zuerst wurden wir zum Häuptling geführt, der schon wartend vor seiner Hütte sass und ungeduldig nach seinem Begrüssungsgeschenk gierte. Es regiert immer jener im Kral, der die ältesten Eier zwischen den Beinen hat. Wir brachten in unseren Rucksäcken Geschenke für das ganze Dorf mit; auf jeden Fall genug Utensilien für ein ausgiebiges Fest: Zigaretten und Zigarren, Palmschnaps, Weine, Würste und Brot. Dazu servierten uns die Dorfbewohner einen deftigen, mit fetten Fleischstücken gespickten, Bohneneintopf und dazu eine Art selbstgebackenes Fladenbrot. Der Eintopf war hervorragend, ich schaufelte wie ein Mähdrescher. Was heisst hervorragend? Aromatisch und sensationell war der, ich hätte in die Pfanne sitzen können. Fett schützt die Bauchmuskeln, sagte ich mir und nagte genüsslich an den Fleischbrocken. „Esst Bohnen", rief ich in die Runde, „das Land braucht Gas." Bier wird im Busch, ich weiss nicht von was, selbst gebraut und ist im Kral sehr beliebt. Einige soffen wie Schläuche. Am meisten becherten der Österreicher und der Häuptling. Die beiden Schnapsdrosseln erlabten sich grosszügig an den Palmschnapsflaschen und am Rotwein. Sie freuten sich kindisch am Spass im Glas. „Wasser trinkt der Ochse, edlen Wein der König", lallte der Alteiermann in mein Ohr. Er rülpste ununterbrochen neben mir, behauptete aber: dies sollte eigentlich ein Lied werden, nur hätte er den Text nicht mehr im Kopf. Kurz darauf torkelte er zum Waldrand. In gebückter Stellung ass er vorne rückwärts und hinten peitschte gleichzeitig Übelriechendes aus seiner Rosette. Dem Schluchtenjodler ging es nicht besser nach dem Saufgelage. Seine Augen drehten sich in den Höhlen wie eine Uranschleuder. Sein Schnapsglas verharrte immer häufiger auf dem halben Weg zum Mund, weil die zitternden Hände die Orientierung völlig verloren hatten. Trinken tat er nicht mehr viel, er verschüttete das meiste. Ich befasste mich nun mehr mit der alten Frau, die neben mir sass. Sie sei hellsichtig, anvertraute man mir. Sie höre voraus, wenn jemand stirbt, erhalte Signale von weiss Gott woher. Ihr Körper war so dünn und zerbrechlich, so dass ich hilfsbereit in den Rucksack griff, um ihr einige Würste mit Brot zu schenken. „Lassen Sie mich als Dank ihre Hand schütteln", rührte sie mit wässerigen Augen meine Seele. „Sie müssen mein Herz schütteln. Es ist das Herz, welches gibt, die Hände geben nur weiter", korrigierte ich. Ihr verunsicherter Blick liess mich erahnen, dass womöglich der Dolmetscher seine Arbeit nicht pflichtbewusst tätigte. Es war ein Erlebnis, ihr beim Essen zuzuschauen. Die Würste verschwanden so schnell in ihrem Mund wie ein Intercity im Tunnel. Dabei zitterte ihr Leib von den üblen Malariaschüben. „Von allen Krankheiten hier sei dies noch die gesündeste", wusste mein Visavis. Die kehlkopfstarke Sängerin, die bei der Wasserpumpe sass und ihr Geschrei mit zwei Bambusrohren unterstützte, die sie im

Takt aneinanderschlug, folterte seit geraumer Zeit mein Ohr. Ihr Gesang erinnerte mich an eine Alarmanlage. Sie sperrte ihren Mund so weit auf, dass vorbeifliegende Vögel rätselten, ob sie da was reinlegen sollten. Der Häuptling, der plötzlich, wer weiss von wo wieder vor mir stand, anerbot mir hemmungslos eine Frau, die sich ernsthaft in mich verliebt zu haben schien. Als ich die Zahnlose zu Gesicht bekam, ärgerte ich mich masslos über die fiesen Tricks von Gott Amor und seinen voreiligen Pfeilschüssen. Der muss behämmert sein, wenn er glaubt, ich nehme jede blatternarbige Werre. Der Chef platzierte sie an meine Seite und bald schon hing sie wie eine Zecke an mir. Ich sah bei ihr, durch die extremen Zahnlücken, bis in die Bronchien, wenn sie sprach oder lachte. Zügellos fiel sie wie ein Tsunami über mich her. Erst als ich mich beim Ältesten massiv beschwerte, änderte sich die Situation zu meinen Gunsten. Leise, wie ein schleichender Luchs, setzte sich lächelnd eine Schönheit zu mir. Sie war absolut ein schönes Stück Mensch. Eine von den Eltern in mühsamer Arbeit sehr Geratene. An alle Moralisten und Frauenrechtlerinnen, es ist in weiten Teilen Afrikas so Sitte, dass der Gast mit einer freiwilligen Begleiterin beschert wird. Übrigens nicht nur in Afrika. Eine Ablehnung ist unfreundlich. Es wird dem Gast und der Begleiterin selbst überlassen, wie weit sie gehen wollen. Meine Jugendblüte jedenfalls war unbändig und übermütig und voller Tatendrang. Sie hielt sich schamlos am Ding fest, das eigentlich für die Freundin oder Ehefrau reserviert ist. Ihre Augen strahlten weich wie Glühwürmchen und ihre Haut fühlte sich an wie Barchent. Sie drängte mich, in ihre Hütte zu gehen, um Leintücher zu zerwühlen. Ich nahm eine Flasche Palmschnaps als Proviant unter den Arm und tanzte mit ihr barfuss zur

Hütte. „Wer barfuss geht, dem kann man nichts in die Schuhe schieben", rechtfertigte ich mein Tun und beruhigte so gleichzeitig mein Gewissen. Um ganz ehrlich zu sein, – und es gibt keinen Grund, dies nicht zu sein –, ich konnte es kaum erwarten, an ihrem jungen Busen zu nuckeln. Wie trunken von unsittlichen Gedanken und reichlichem Palmschnaps, liess ich mich auf ihr Bett fallen. Es überraschte mich enorm, dass in dieser Lehmhütte ein richtiges Bett stand und oben an einem Balken flackerte eine Paraffinlampe. Jedenfalls liebten wir uns auf diesem Lager, bis uns der Dorfhahn erschreckte. Ich fand in dieser Nacht einfach keinen Schlaf. Wie auch, wenn tausend Milben dauernd in den Hintern kneifen. Der zweite Grund war sie, die Unersättliche. Sie besass eine Ausdauer wie eine Triathletin und eine Lunge wie ein Zeppelin. In aller Herrgottsfrühe begegnete ich auf dem Hauptplatz wieder einmal meinem Freund. Er war noch immer voll wie eine Haubitze und irrte und kroch abwechslungsweise durch die Botanik. Erkannt hat er mich nicht mehr und grüsste mich in der Eingeborenensprache. Sicherlich hatte er kaum ein paar Stündchen am Kopfkissen gehorcht. Er ist eine einzigartige Nachteule. Er behauptete ein Pferd zu sein und stinkreich, da er schon einige Rennen gewonnen hätte. Als unser Wegkundiger zum Aufbruch rief, nahm ich das Pferd bei der Hand und lief dem Führer hinterher, um wieder in die Zivilisation zurückzukehren. Am Anfang stolperten uns noch einige grölende Kinder hinterdrein. In meinem Kopf hämmerte der Alkohol. Ein Specht am nahen Baum auch. Es war eine beispiellose Hämmerei. Bei jedem Tritt meldete sich zudem der Bohneneintopf von gestern. Dies muss ich ja nicht näher beschreiben, Sie kennen das mit dem singenden Darm. Es schallte aus meiner sonst schon zerrissenen Hose, als hätte ich ein Alphorn verschluckt. Mir war das peinlich, bei jedem Ton guckte unser Führer zu mir und grinste. Nur mein galoppierender Freund schien nichts mitzubekommen. Sein Ohr war beschäftigt mit dem Rauschen im Kopf. Meine Turbulenzen wurden derart intensiv, es pfiff und trommelte wie an der Basler Fasnacht. Ich glaube, sämtliche Tiere fielen von den Bäumen und die am Boden rannten vor dem Gas um ihr Leben. Ich sah jedenfalls keine mehr. Bald aber meldete sich zusätzlich ein Durchfall und zwang mich im Wald zu mehreren gebückten Rasten. Das Positive an einem Durchfall ist, man nimmt nicht zu. Normal melden sich bei mir die Kilos schon, wenn ich nur die Metzgerwerbung lese. Das Getier im Urwald wurde zunehmend übermütiger, es traute sich wieder in meine Nähe, denn irgendwann ist auch der vollste Darm leer. Die Tiere schrien Entwarnung. Beim Gehen und doch noch gelegentlichem Rasten sah und hörte ich im Laub wieder ein ständiges Watscheln und Kriechen von weiss Gott was. Doch die Tiere sind die besseren Menschen, sie lassen dich in Ruhe. Jedenfalls meistens. Einmal sah ich eine Schlange im Licht und schwups war sie wieder auf Kurve. Halluzinationen meldeten sich auch noch, hervorgerufen vom Alkohol und von Tierphobien. Ich sah die seltsamsten Dinge. Metergrosse Spinnentiere mit genagelten Militärschuhen und kürbisgrosse Schimpansen – Eier. Einige Male stolperte ich und fiel in Habitate und Behausungen von Urwaldgetieren, es krabbelte am ganzen Körper. Ich verrate nicht, welche Flüche ich fluchte, ich weiss es wahrscheinlich auch nicht mehr. Happig waren sie aber schon. Doch dem Wald war das ziemlich egal, nehme ich mal an. In dieser trostlosen, unzugänglichen Gegend schien man weder von mir noch vom 20. Jahrhundert Notiz zu nehmen. Beim Auto angekommen, stellte sich der Österreicher quer. Er wollte den, allerdings kurzen, Weg nach Hause alleine marschieren, um den bösen Schnaps, der in ihm festsass, abzubauen und definitiv aus seiner Birne zu entfernen. Ich war von seiner Idee allerdings nur mässig begeistert. Wer weiss, was einem Einsamen so alles begegnet? Doch ich war hundsmüde und hatte zum Streiten keinen Bock. Gähnend gab mich der nüchterne Fahrer nach der Fahrt beim Hotelportier ab und ich zirkelte an seinem Arm geklammert in meine Bleibe. Meine Müdigkeit verlangte nach Hause zu gehen. Es war eine turbulente Nacht. Ein Schlaf nach dem andern. Ein Hin und Her zwischen Bett und Klo. Tatsache war, der Darm hatte sich nicht restlos erholt und Bier, Wein und Schnaps wollten raus. Ich musste mich des öfteren erleichtern. Mein Gott und wie. Alles, an was ich denken konnte, waren die Niagarafälle und an die Sintflut. Am nächsten Morgen in der Früh erhielt ich dann die schreckliche Hiobsbotschaft, dass der eigenwillige Alpenguru mit der geschniegelten Igelfrisur noch nicht im Hotel eingetroffen sei. Mit österreichischem Charme, Schmäh und Schnitzel streifte er sorglos durch den Urwald. Eine Schlange auch. Wie ich durch Zufall im Spital erfahren habe, trafen die beiden sich dann tatsächlich. Die Schlange muss nach dem Biss an einer fürchterlichen Alkoholvergiftung verendet sein. Die Ärmste. Ich besuchte ihn regelmässig im Spital, zusammen mit der Schönen aus dem Kral. An alle Sittenlehrer sei gesagt: Die Jugendblüte von der Buschparty wurde meine ständige und alleinige Freundin während meines ganzen Aufenthalts. Weil aber ein rachesüchtiger Rivale damit nicht einverstanden war, dass ich ausgerechnet sein angebliches Herzblatt auserwählt hatte, suchte er aus Bosheit einen Voodoolehrer auf. Bei ihm erstand er eine Puppe und ein Nadelset. Mit diesem Hexenwerkzeug quälte er mich nächtelang. Mein Körper war am Morgen jeweils so schwer beschädigt, als hätte dieser auf einem Fakirbett übernachtet oder sogar unter einer laufenden Nähmaschine genächtigt. Item. Das Spital, in dem der Gebissene lag, war mit Sicherheit nicht das sauberste Haus in Westafrika. Im Treppenhaus lief das Wasser die Stufen runter. Die Scheiben waren vom Staub undurchsichtig und vor dem Operationssaal tigerte ein streunender Hund im Flur umher. Er wartete ungeduldig auf einen Happen Amputiertes und auf leckeres Abfallgeschnetzeltes. Die Ärzte haben mir erzählt, dass sehr viel Geld fehle, um alles in Schwung zu halten. Zahlreiche Patienten hätten kein Geld, um ihren meist längeren Aufenthalt zu finanzieren. Die Kostengünstigsten seien die Toten. In einem einigermassen akzeptablen Einzelzimmer fand ich den Kärntner im Bett liegend. Wie ich sah, war er punkto Gesundheit wieder gut unterwegs. Ebenfalls im Raum befand sich ein rostiger Zementmischer. Der Arzt erzählte mir, dass der Mischer während des Umbaus im Zimmer vergessen wurde und nun, wo alles fertig gebaut ist, durch keine Türe mehr passt, um definitiv entsorgt zu werden. Nun wartet man auf den nächsten Umbau. Das leuchtet wohl jedem ein. Nicht? Diese Story erzählte mir einerseits der Revierarzt. Mein Freund andererseits schilderte mir seinen Heimspaziergang, jedenfalls was er noch wusste. Viel war es allerdings nicht. „Ich war zur richtigen Zeit am falschen Ort." Mit wässerigen Augen fragte er leise: „Ihr habt wirklich im Wald nach mir gesucht?" „Ja", sagte ich, „oder meinst du, wir sind in den Wald gegangen, um die Zecken zu zählen?"

Er unterstrich, dass Angst für ihn ein Fremdwort ist und in seiner Psyche inexistent. Weiter behauptete er, er sei tatsächlich sakrosankt. In all den Jahren seiner Tätigkeit hier in Afrika, sei er nun das dritte Mal von einer Schlange gebissen worden, ebenso von einigen Spinnen und von Skorpionen gestochen worden. Ich glaube, dieser Typ hat mehr Leben als eine Katze. Er meinte, dass er keine Zeit hätte, um zu sterben. Doch sollte es dennoch passieren, wollte er verbrannt werden und die Asche müsste feierlich in einem öffentlichen Plumpsklo mit einem Eimer Wasser runtergespült werden. Dieses Versprechen nahm er mir ab. Allerdings habe ich meinen Freund nach dem Afrikaaufenthalt aus den Augen verloren. Ich kann ihm ja unmöglich ein ganzes Leben hinterher tippeln wie ein Schutzengel, um ihn zu beschützen. Oder eben, seinem Wunsch entsprechend, auf eine sonderbare Art zu beerdigen. Sei's drum! Ich wünsche ihm ein langes Leben. Wenn er nicht gestorben ist, lebt er garantiert noch heute. Irgendwo.

Hei – und Fernweh

I bin gsy ganz allei,
dehei
und han träumt vo Hawaii.
Jetzt bin ich uf Hawaii,
ganz allei
und träum vo dehei.

Gedanken

Eine Arschkriecherei kann durchaus auch zweckmässig sein. So kann der Kriechende dem Besitzer eventuell im Darm entdeckte Polypen melden.

Ein Grüner hat mir erzählt: „In jedem Körnchen Reis steckt ein Tropfen Schweiss." Igitt! Jetzt esse ich keinen Reis mehr.

Eine Fremde sprang in einer Sauna, wie ein Rottweiler, auf mein nacktes Fleisch. Ich liess es geschehen, denn Rottweiler sind mir nicht unsympathisch.

Laut Experten wurden im Wallis in einer Nacht 600 Blitze gezählt. Was für ein Job! Ich bewerbe mich als Blitzzähler.

Ich las in der Zeitung von einem Verbrechen mit sinnloser Gewalt. Ich habe mich hinterher gefragt: Gibt es bei einem Verbrechen eine sinnvolle Gewalt?

Bei einer Demonstration stand auf einem Plakat: Ich demonstriere gegen das Demonstrieren.

Jeder ist sein Kind

Klopft jemand müde an der Tür,
will etwas Stroh zum Rasten,
gib ihm ein Dach, ein Nachtquartier,
lass ihn in deiner Scheune gasten.

Zieht ein Dürstender am Haus vorbei,
sein Mund möcht' Wasser haben,
schick ihn nicht fort, ruf ihn herbei,
dein Krug soll ihn erlaben.

Fragt ein Hungernder in seiner Not:
„Wo ist denn Gott?" zu dir.
Gib ihm ein Stück von deinem Brot
und sag ihm: „Gott ist hier."

Hilf all den Armen treu und still.
– Das Glück ist vielfach blind. –
Gib deine Hand, weil's Gott so will,
denn jeder ist sein Kind.

Schutzengel

Liegst du mit grossen Schmerzen
und haderst mit dem Dasein hier,
oder plagen Sorgen dich im Leben,
es wacht ein Engel über dir.

Bist du mit dir nicht mehr im Einklang,
weil eine Wunde nicht verheilte,
es steht auf jedem schweren Gang
ein Engel dir zur Seite.

Führt dein Weg dich über Brücken
oder durch den Stossverkehr,
stets tippelt dir im Rücken,
ein Engel hinterher.

Hörst du die Stimm' von oben?
„Sieh', ich send' ein Engel zu dir her,
du bist bei ihm gut aufgehoben,
sein Schutz sei dir Gewähr."

Die sprechenden Grabsteine von Amrum

Mit einer Zigarette im Mund stand ich im Bus, der mich vom Parkplatz in Dagebüll zum Hafen fuhr. Einen Sitzplatz konnte ich nicht ergattern, weil einige Mitreisenden ihre Koffer auf dem Sitz neben sich platzierten. Die zahlreichen Egoisten schauten aber peinlich genau auf meinen Mund. Nie hätte ich mich getraut, den Glimmstängel anzuzünden, der zwischen meinen Lippen hing. Am Hafen angekommen, drückten die Eiligen mit ihren prallvollen Koffern zum Ausstieg, als müssten sie verlorene Zeit aufholen. Keiner wollte wahrhaben, dass die Fähre Richtung Amrum auf alle Ankömmlinge wartete. Ich fand, ein bisschen abseits wohlverstanden, sogar noch die Zeit, eine halbe Zigarette genüsslich zu inhalieren, bevor der Kahn in See stach. Amrum ist eine der nordfriesischen Inseln vor der Westküste von Schleswig – Holstein. Nach zirka einer Stunde kurvte das Schiff in den Hafen von Wyk, auf der Insel Föhr, für einen Zwischenstopp. Es herrschte Ebbe und das Meer liess dem Schiff nur eine schmale Fahrrinne offen. Einige Wattläufer waren zu sehen, die zu Fuss im Wattenmeer von Föhr teils durch hüfttiefe Priels nach Amrum unterwegs waren. „Die Überfahrt mit der Fähre, von Dagebüll bis Wittdün, dauert bei Ebbe zirka zwanzig Minuten länger", orientierte mich der freundliche Servierboy mit einem polnischen Akzent und stellte den von mir bestellten Kümmelschnaps griffbereit in die Nähe meiner Hand. Durch die verschmutzten Schiffsfenster sah ich von weiten schon den hohen, rot – weissen Leuchtturm, das Wahrzeichen von Amrum. Auf der linken Seite, in Fahrtrichtung, sah man vereinzelt Häuser auf den Warften. Die Hügel sahen aus wie Perlen an der Schnur. Am Landungssteg I betrat ich das erste Mal in meinem Leben Amrumer Boden. Bei der Begrüssungstafel „Willkommen auf Amrum" und einem Grossverteilerplakat stand ein Mann mit ergrautem Haar. Sein Gesicht ist schnell beschrieben, es bestand nur aus weissem Bart und unter diesem Wuchs stachen zwei Augen heraus. Seit meiner Jugendzeit habe ich Ehrfurcht vor weissgrauen Haaren. „Ob ich eine Bleibe suche?" fragte mich der Bärtige. So habe ich bei der Familie Nielsen Unterschlupf gefunden. In einem reetgedeckten Haus, oben in einer gut besonnten Dachwohnung mit Terrasse und Blick aufs Meer. Auf der Sonnenuntergangsseite, da habe ich mich installiert. Ich wollte an meinem zweiten Buch arbeiten. Nein, nein, ich bin kein wohlhabender Schriftsteller, nur ein brotloser Schreiberling. Ein kapitalistischer Armer, der hauptsächlich mit einem redlichen Handwerk sein tägliches Brot verdient. Ich brauchte Ruhe, war noch unterwegs zu mir selbst, suchte mich noch und wollte mich in der Abgeschiedenheit von Amrum finden. Doch meine erste Tätigkeit war, einen Vorrat anzulegen. Vorwiegend mit Zigaretten, Wein, Bier und Schnaps, natürlich auch mit etwas Essbarem für den Kühlschrank. Klar doch, wenn ich Vorsätze hätte, was ich nicht habe, dann wäre es wohl, ein bisschen gesünder zu leben. Einer meiner Lieblingsplätze war die Terrasse, hier schrieb ich und gaffte stundenlang aufs Meer. Das Kreischen der Möwen und das Gischten der See streichelten meine Seele. Einen Steinwurf von mir grasten Pulloverschweine, wie die Schafe in dieser Gegend auch genannt werden, blökend am Damm. Ein anderer Lieblingsplatz von mir waren die Strandkörbe draussen vor den Bars. Hier sass ich oft, schaute den Leuten zu, nagte an einem Aal und nippte an einem Pils. Der Sommer ging langsam von hinnen, die letzten warmen Sonnentage wollte ich noch vollumfänglich geniessen. Die meisten Touristen sind abgezogen, so findet man in den Restaurants und in den Körben wieder vermehrt Platz. Die abgereisten Feriengäste haben die See nicht gänzlich leer gefressen. Das Meer muss noch voller Leckereien sein, fiel mir auf. Die verbliebenen Fremden jedenfalls waren alle gut gefüttert. Sie führten an der Promenade, mit Speiseeis und Fischbrötchen bewaffnet, ihre dicken Wampen und prallen Hintern spazieren und an der Leine hingen im Hundesalon geföhnte Edelratten. Lange Spaziergänge und Fahrradtouren nach Nebel oder Richtung Norddorf, an reetgedeckten Häusern vorbei, gehörten ebenfalls zu meinen Lieblingsbeschäftigungen. Mein bärtiger Hausmeister, Lars ist sein Name, gab mir stets gute Tipps. Manche Abende verplauderte ich mit ihm am offenen Feuer in der Stube. Lars' Vorfahren waren dänische Walfänger und er war, vor seinem schweren Reitunfall, selbst ein Föhringer Grönlandfahrer. Nebst seiner Frau und seinem ledigen Bruder wohnte auch ein Hund in der Hütte. Blacky und Herrchen haben beide ein Abkommen getroffen, Herrchen geht mit ihm jeden Tag und bei jedem Wetter Gassi, dafür pinkelt der Hund nicht in die Hütte. Beide hielten sich daran. Lars' Frau ist invalide, sie sitzt seit ihrer Jugendzeit wegen einer heimtückischen Krankheit im Rollstuhl. Sie und Lars leben in einer Ehe, die sich in über dreissig Jahren beruhigt hatte und die Elektrizität des Verliebtseins ist einer engen Freundschaft gewichen. Der Bärtige war für alle da, er eilte zu Hilfe, wenn er gebraucht wurde, gab seine Hand, wenn eine fehlte. Auch für die Familie war er stets bereit. Er baute das Haus rollstuhlgängig um, bedeckte das Dach mit frischem Reet, wenn es nötig war, arbeitete im Garten, kochte, putzte, heizte und ist von Beruf Fischer. Nichts schien für ihn unmöglich, ein einzigartiger Allrounder war er. Jawohl, das war er. Er konnte einfach alles. Ihm würde es auch gelingen, eine Qualle an die Wand zu nageln. Einen Hausschlüssel bekam ich nie. Lars behauptete: „Die best-verschlossene Tür ist die, die man offenlassen kann. Auf der Insel werde nicht gestohlen." Sein Sohn verliess schon früh, wie viele junge Männer, die Insel und heuerte bei einer Reederei in Hamburg an und schifft seither als Matrose auf den weiten Meeren. Lars' Bruder und Mitbewohner hauste in einer schlichten, seitlich angebauten Kleinwohnung. Er ist Kriegsinvalide und geht am Stock. Er diente für die Nation an der russischen Front. Lars war seit seinem Unfall selbst gesundheitlich angeschlagen. Aber im Gegensatz zu seinem Bruder hatte er nicht die Möglichkeit, bei militärischen Strei-tigkeiten im fremden Land verwundet zu werden, um eine Rente zu ergattern. Lars bekam keinen Batzen, also kämpfte er sich als Fischer durch und vermietete Zimmer an Fremde. Er war angenehm, erzählte viel und wusste auch viel, ich war gern in seiner Nähe. Manch Abende goss er uns einen Tee auf, erzählte über sich, über seine Familie und über Gott und die Welt. Ab und an schaute er nach seiner Frau, wenn sie fror, legte er ein Brikett oder ein Bündel Holz ins Feuer. Seine Frau musste rund um die Uhr gepflegt und gefüttert werden. Er und sein Bruder teilten sich diese Auf-gabe. Lars sprach nie in Dialekt mit mir, sondern absichtlich und rücksichtsvoll in Intelligenzdeutsch, damit ich das Ge-sagte auch verstand. Nordfriesisch ist für Aussenstehende schwer verständlich, ich weiss das, seit ich Theodor Storms „Gode Nacht" gelesen habe. Mein erstes Buch hat Lars verschlungen und zutiefst bedauert, dass er keine Begabung besass, musisch tätig zu sein. Es sei ein Geschenk Gottes, wenn man schreiben, musizieren oder malen könne. Ich weiss noch, ich habe ihn gefragt: „Was war denn dein grösstes und liebstes Geschenk, das du in deinem Leben bekommen hast?" Er studierte nicht eine Sekunde: „Meine Frau, mein Kind, mein Leben." „In welcher Reihenfolge, Lars?" „Es gibt keine Reihenfolge. Es ist ein einziges Geschenk, ein Geschenk vom Himmel", antwortete er mir.

An einem nicht besonders sonnigen Herbsttag, es war exakt in der Zeit zwischen seinem Herzinfarkt und seinem 62. Geburtstag, kam Lars verwirrt und verstört in mein Zimmer gestürzt. Ich lag auf dem Bett, als er mich erschreckte. Aus dem Fernseher war ein lautes Dröhnen zu hören von der eben beginnenden Flugschau aus Ramstein und vor dem Fenster störte das Scheppern der Fischerboote. „Alarm, Alarm! Wir müssen alle Leute warnen, es kommt Sturm." „Woher nimmst du diese Annahme, Lars?" Sein Mund wusste viel zu erzählen: „Ich ging am Friedhof vorbei, da hat auf einmal ein Grabstein aus der ersten Reihe warnend mit mir gesprochen. Er prophezeite: ,Es naht ein fürchterlicher Sturm, versteckt euch schnell in Haus und Turm. Mit Gewalt kommt er noch heute, geh und warne alle Leute.' Mein Vater hat das auch erlebt und dann kam tatsächlich der Sturm. Wir müssen die Leute warnen, zieh dich an und hilf mir." Wir eilten aus dem Haus, warnten Fremde und Einheimische, sowohl die Fischer als auch die Schiffsleute unten am Ufer. Wir erzählten vom sprechenden Grabstein und was dieser Lars anvertraut hatte. Niemand wollte uns Glauben schenken, es war ätzend. Erhaben kopfschüttelten sie und meinten, die Geschichte mit dem sprechenden Grabstein sei ein bisschen schlicht gedacht. Warum auf der Insel alle

so stur sind, werden sie mir nie erklären können. Die Alteingesessenen nahmen Lars nie für vollwertig. Einer, der vom Pferd gefallen ist und eine Frau im Rollstuhl geheiratet hat, der leidet bestimmt an einem Hirnschaden. Zudem waren seine Vorfahren dänische Eindringlinge. Die Insulaner hielten zusammen wie Pech und Schwefel und in den Fischerfamilien herrschte seit Menschengedenken eine Klüngelei. Da hat es keinen Platz für Einschleicher. Lars gab nicht auf, eilte mit mir beflissen weiter und meinte entschlossen: „Jetzt gehen wir die schlafenden Tiger wecken. Sie sollen uns helfen, die ganze Insel zu warnen." Der grimmige Horst Freese sass vor seiner Kate und knüpfte und zupfte an seinem Netz. Als Lars ihn aufforderte, Leute zu warnen, schleuderte dieser das Netz vor unsere Füsse und brüllte: „Zu deiner Information, ich muss nichts tun, wenn ich es nicht will! Verstanden, Fettwanst?" Der Pfarrer, den wir in der Küsterwohnung antrafen, wusste: „Einige Grabsteine seien so gemeisselt, dass ihre Strukturen es zuliessen, dem Wind Töne abzuluchsen. An windigen Tagen und Nächten höre man vom Friedhof ein Gemurmel und ein Geraune. Lichtblitze, vermutlich von fliegenden Manen, seien aber des öfteren beobachtet worden." „Die sprechenden Grabsteine auf Amrum gäbe es schon äonenlang", mischte sich der Küster hinter unserem Rücken in die Diskussion.
Dann kamen die Nacht und der Sturm. Brutal, diabolisch und vernichtend. Regen peitschte über die Insel. Haushohe Wellen schlugen alles kaputt, was ihnen im Wege stand. Der Wind rüttelte zerstörerisch an den Häusern. Ein Sturm von unsagbarer Wucht fegte mit Spitzengeschwindigkeit über das Land. Ein Krachen, ein Heulen, ein Bersten. Zerschmetterte Teile von Häusern und Schiffen flogen durch die Luft.

Das Wetter spielte grausam und der Himmel brannte. Ahriman, der Geist des Bösen, schwebte zürnend über Amrum. Die Erde bebte, Angst und Schrecken machten sich breit. Bleich griff ich nach der Schnapsflasche und achtete darauf, dass das Glas, mit dem ich trinken wollte, nicht zu klein war. Alle himmlischen Kräfte hämmerten auf die Erde. Die Kugel weigerte sich jedoch hartnäckig, unterzugehen. Wie lange? Ich half dem Friesen Lars, seine Frau ins obere Stockwerk zu hieven. „Das kommt nicht gut, Lars", ich schaute ihm in die Augen. „Nicht gut ist gut, schweinisch kommt es, richtig schweinisch. Man darf jetzt aber keine Angst haben, denn Angst verdrängt nicht die Gefahr. Wir müssen retten, was zu retten ist." Dann drangen Hilfeschreie in unsere Ohren. Wir stürzten aus dem Haus und rannten durch Nacht und Graus und klitschnass durch den prügelnden Regen zum Strand. Mit einer behäbigen Beharrlichkeit forderte Lars unterwegs seine Landsleute auf, in die Häuser zu flüchten, die in der Mitte der Insel stehen. Es half nichts. Nicht, dass sie kranke Ohren hätten, nein, sie wollten es einfach nicht hören. Ich bemerkte erst jetzt, dass ich barfuss unterwegs war. Meine Füsse wussten nichts von spitzen Steinen und scharfkantigen Muschelresten, doch bald schon schmerzten und bluteten sie. Unten am Strand war die Hölle los. Mit bestialischer Gewalt schlugen die Wellen gegen das Restaurant und warfen leblose Körper wie Spielbälle durch die Luft. Auch auf dem Wasser waren Menschen zu sehen, bei denen jede Hilfe zu spät kam. Einige lebten noch, Lars und ich sprangen in die Fluten. Wir konnten eine Gestalt erfassen und zogen diese zum Strand. Doch die Wellen wollten es anders. Eine solche schleuderte uns wie eine Waschmaschine im Kreis, wir mussten loslassen. Von hinten erfasste mich der nächste Brecher und wirbelte mich ans Ufer. Da lauerte schon die nächste Welle und sog mich unter Wasser ins Meer zurück. Ich kämpfte verzweifelt um mein Leben. Lars hatte ich aus den Augen verloren. Aus der Tiefe spülte das Wasser immer wieder tote Körper an mir vorbei. Auch die Schafe vom Damm waren alle ertrunken. Wenn ein Tier losrennt, folgen ihm die anderen wie Lemminge in den Tod. Ich hatte Panik, soff unheimlich viel Wasser und schrie. Doch Hilfeschreie aus diesem Höllengetose hört niemand. Ich hatte keine Zeit, darüber nachzudenken, schon wirbelte ich erneut ans Ufer. Als ich kraftlos wieder ins Meer zurückgerissen wurde, drückte ich die Augen zu und schloss mit meinem Leben ab. Zwei starke Hände, wie Eisenzangen, zerrten mich die Uferböschung hoch. Ich öffnete die Augen und sah in Lars' Gesicht. Sein Kopf blutete stark, als hätte er mit diesem ein einfahrendes Schiff gestoppt. Ich setzte mich auf einen Strunk und hustete Wasser. Über mir Strahl und Hagel, Donner, Blitz und heulender Wind. Ein Höllenreigen. Lars sprach streng mit mir: „Du musst jetzt stark sein, rette dich in den Leuchtturm. Ich muss nochmals hinaus mit meinem Kahn, er ist noch intakt. Da draussen hängt ein Schiff im Riff." Er liess mich los, Gegenstände knallten links und rechts an mir vorbei, einige trafen mich schmerzhaft. Ich hielt mich an einer Kette fest. In der Nähe stürzten Häuser ein, Bäume knickten und Tote lagen neben mir. Ich zählte, es waren deren achtzehn. Unter ihnen auch der grimmige Horst Freese. Am ganzen Leib trug ich eine Poulethaut, fror und die Schmerzen am ganzen Körper waren arg. Der Sturm donnerte unbeeindruckt dräuend über die Insel und brachte Zerstörung und Ungemach. Fröstelnd sah ich Lars nach, wie er trutzig dem lecken Boot zu Hilfe eilte, dessen Insassen in Not waren. Er suchte noch kräftige Schiffer, die ihn unterstützen würden, doch niemand war bereit, bei diesem Sturm ins Meer zu stechen. Es braucht Mut und die ihn haben, geben ihn nicht gern her. Ich sah, wie Lars sein vertäutes Schiff losband und löwenmutig hineinsprang. Er hatte überhaupt keine Chance, doch genau die wollte er nutzen. Was, wenn ich ihm nachriefe: „Tu' es nicht?!" Aber schon bauschten die Segel, dann zogen ihn der Wind und die Trift über meterhohe Schwalle ins Meer hinaus. Boot oben, Boot unten, ein grausames Schaukelspiel begann, es peitschte das Meer und draussen warf der Wind die Gischt über die Schären. Dankbar schaute ich ihm nach, bis er verschwand. Lars hatte mir das Leben gerettet. Ich dachte an seine Frau, die zu Hause im Rollstuhl festsass, und rannte los, bis mir das Herz gegen die Rippen schlug. Das Haus stand nicht mehr, alles war zertrümmert. Von der Frau im Rollstuhl und dem Bruder am Stock fehlte jede Spur. Sie haben sicher in einem soliden Gebäude Unterschlupf gefunden, tröstete ich mich. Aus einer umgestürzten Gerätebox war ein Winseln zu hören. Es war Blacky. Als ich die Kiste anhob, floh dieser verwirrt und ängstlich und verschwand in der Dunkelheit der Nacht. Nur er wusste, wohin er rannte. Ich meinerseits hatte Mühe, mich aufrecht fortzubewegen. Der Sturm geisselte brutal über die Insel und mir schmerzte der Körper, der sich ungeschützt, wie eine lebende Zielscheibe, den herumfliegenden Gegenständen in den Weg stellte. Jetzt hatte ich nur noch ein Begehr, den Leuchtturm. Ich sah ein kreisendes Licht von weiten und wusste, da musst du hin. Auf dem Weg dorthin kamen mir Müdlinge mit tropfnassen Kleidern entgegen, unerschrockene, heldenhafte Retter. Sie drangen in vom Sturm in übelster Art geflutete Häuser ein oder was von diesen übrigblieb und suchten nach Überlebenden. Nicht nur das Marschland, weite Teile der Insel waren unter Wasser. Kätnerfamilien krochen aus ihren Ruinen und schlurften in ihren Pantinen auf der Strasse ebenfalls zum Leuchtturm. Musste man aber die Strasse verlassen wegen umgestürzten Bäumen oder im Wege stehendem Gerümpel, watete man knöcheltief, an einigen Stellen gar knietief, im Schlamm. Kurz vor dem leuchtenden Rettungsbunker fegte der Sturm mit einer gewaltigen Kraft durch die Bäume, dann ein greller Blitz und ein ohrenbetäubender Knall und von links und rechts schossen hohe Baumstämme auf uns nieder. Leute schrien, ich sah, wie ein halbes Dutzend von ihnen unter den Bäumen eingeklemmt zappelten. Einige hatte der Sensenmann sofort vernichtet. Was für ein grausamer Tod. Wir Restlichen konnten nicht helfen, die Stämme waren zu schwer. Ich war nicht betroffen, nur ein paar zusätzliche Kratzer bekam ich ab und die Schulter schmerzte. Bis anhin hatte ich immer sagenhaftes Glück, nun ist noch Schwein dazugekommen. Jawohl, ich hatte einen aufmerksamen Schutzengel. Die eingeklemmten Leute zappeln und schlussendlich sterben zu sehen, war ein schändlicher Anblick, auch ihre Schreie waren schauderlich. Ich fühlte meine Haut am Rücken schrumpfen. Da war also der Ort, wo ich von einem blumigen Aufenthalt träumte. Ein Traum, den nun aber der Sturm so unachtsam und eigennützig ermordete. Im Leuchtturm ging ich bei der Begrüssung von einer schweissnassen Hand zur anderen. Jede und jeder kämpfte mit der Angst. In den Köpfen sass auch die Ungewissheit über den Verbleib der nächsten Angehörigen fest. Hier in Sicherheit begegnete ich einigen, die Lars und mich vor kurzem ausgelacht und verspottet haben. Beschämt schlugen sie die Augen nieder. Ja, und dann traf ich noch jemanden. Er stand einfach vor mir, winselte und wedelte mit der Rute. Blacky hatte sich also auch in den Leuchtturm gerettet, das schlaue Tier. Nun suchte er meine Nähe, wollte gestreichelt und gefuttert werden. Ich teilte gern mit ihm die karge Ration, die wir Insassen aus der Notvorratskammer vom Leuchtturm erhielten. Neben uns, auf einer dünnen Strohmatte, lag ein hageres, zerbrechliches Männchen. Es hustete und schleppte sich bereits auf die achtzig zu. Ich bezweifelte, dass er noch lange durchhält. Mühsam erklärte er mir, ähnliches sei auf der Insel noch nie passiert. Die Zeit und Weile wurden gewaltig lang im Bunker. Zwei volle Tage und einen Teil der dritten Nacht verbrachten wir im Turm. Von draussen hörten wir das nie enden wollende Krachen, Lärmen, Heulen, Tosen und die Donner vom Sturm und das Peitschen des Regens. Das Essen aus der Vorratskammer und dasjenige, welches einige Leute in Bakelitdosen mitgebracht hatten, wurde knapp. Kinder schrien, mitgebrachte Katzen miauten und der Gestank von der Notdurft und von ungewaschenen Menschen machte sich im Turm breit. Die Erleichterung war gross, als eine Rettungskolonne uns abholte. Alle Beteiligten der Kolonne waren nach diesen struben Tagen und Nächten ausgelaugt und rechtschaffen müde. Ich vernahm dann die traurige Todesnachricht von Lars; er wurde ertrunken aus der See gefischt. Irgendwo las ich einmal: Einen Augenblick im Leben da bleibt die Welt stehen und wenn sie sich weiterdreht, ist nichts mehr, wie es war. Ich war geschockt und ich fühlte mich leer. Lars war ein Freund, ein guter Freund. Ich dachte an ihn und an die vielen anderen Toten. Die Rettungskolonne in Kampfanzügen fuhr uns Überlebende ins Spital zur Überprüfung. Ich sah aus dem Wagenfenster, das meiste Land stand unter Wasser, die Häuser waren verschwunden oder kaputt. Dankbarkeit füllte mein Herz, heute ist der erste Tag von meinem zweiten Leben. Ich pfiff sogar und hörte mir selber zu, trotz den starken Schmerzen in der Schulter. Vieles ging mir durch den Kopf. Ich wollte auf diese Insel kommen, um in Ruhe zu schreiben. Vor drei Tagen durfte ich Heldenepen über die Fischer und Schiffer schreiben. Und heute? Ich griff in die Rocktasche, zog den durchtränkten Notizblock heraus und zerriss die Zettel in kleine Schnipsel.

An der Beerdigung von Lars philosophierte der Pfarrer: „Es sind die Lebenden, die den Toten die Augen schliessen. Es sind die Toten, die den Lebenden die Augen öffnen." Wobei die gesprochenen „s" lispelnd den Mund des Seelsorgers verliessen. Eine weinende Frau im Rollstuhl sass in der Kirche neben mir. Ich sah Lars' Frau dann nochmals, vor der Kirche, als eine Pflegerin sie ins Pflegeheim zurückschob. Ich wollte weg, einfach weg, zurück aufs Festland und das wartende Schiff im Hafen erreichen. Der Wind pfiff heftig. Ich stülpte den Kragen hoch von der viel zu grossen Jacke, die ich als Notkleidung, zusammen mit anderen Klamotten, vom Militär erhielt. Der kluge Martin Luther behauptete einst: „Selbst wenn ich wüsste, dass morgen die Welt untergeht, ich würde noch heute einen Baum pflanzen." Ich bin kein Gärtner, überdies wollte ich schnellstens zum Hafen. Also kam dieses Verlangen für mich nicht in Frage. Ausserdem ist mein Wunsch, dass der Titan Atlas die Welt auch morgen noch hochhält. Zudem, woher sollte ich jetzt auch einen Baum hernehmen? Als ich am Friedhof vorbeikam, hörte ich ganz klar und deutlich ein Rufen von einem Grabstein.

Dieses Mal kam der Ruf aus der hintersten Reihe: „Es naht ein fürchterlicher Sturm, rettet euch …" Ich drückte die Hände an die Ohren. „Mein Gott, fängt das wieder an? Nein, nein, nicht schon wieder", erschrak ich. Die Steine mögen mit jemand anderem sprechen. Ich bin der falsche Ansprechpartner, ich bin kein unverzagter Held wie Lars Nielsen. Kalter Schweiss lief über meinen Rücken und ich eilte im Laufschritt, mit meiner doppelt gebrochenen und bandagierten Schulter, Richtung Hafen. Unten am Schiffssteg war eine Hektik wie in einem Termitenhügel. Endlich, endlich stand ich auf dem Fahrzeugdeck der Fähre. Gott sei's gedankt. Nie mehr in meinem Leben will ich eine Insel betreten. Da möge Gott davor stehen. Von der Treppe, unterhalb der Kommandobrücke, schaute ich auf den Landungssteg von Amrum, da stand Blacky. Zwei Augen blickten zu mir hoch. Als sich das Schiff langsam vom Steg löste, hörte ich ihn laut winseln. Es drückte mir fast das Herz ab. Matter Sonnenglast hing über den Wellen. Ich schloss die Augen und sagte der Macht über mir ein stilles „Danke". Die Sonne blinzelte scheinheilig zwischen zwei dunklen Wolken durch. Ich blickte in den schwarz verhängten Himmel und zwinkerte meinem verstorbenen Freund zu: „Schau gut auf Blacky, Lars."

ARTHUR BERGINZ

LICHT IM DUNKELN

Gedichte und Kurzgeschichten
Geschrieben 1986 – 2000

ISBN 10: 3- 8334 – 6083- 0
ISBN 13: 978 -3 – 8334 – 6083 – 8

Im gleichen Verlag erschienen:

ARTHUR BERGINZ

Abenddämmerung

Gedichte und Kurzgeschichten
Geschrieben 1977 – 1986

ISBN 978 – 3 – 8334 – 7119 – 3